RAINBOW | 112

# 눈물 값을 청구해야겠다

I should charge for tears

**김태실 시집**

**초판 발행** 2024년 2월 29일
**지은이** 김태실
**펴낸이** 안창현 **펴낸곳** 코드미디어
**북 디자인** Micky Ahn
**교정 교열** 민혜정
**등록** 2001년 3월 7일
**등록번호** 제 25100-2001-5호
**주소** 서울시 은평구 갈현로 318-1 1층
**전화** 02-6326-1402 **팩스** 02-388-1302
**전자우편** codmedia@codmedia.com

ISBN 979-11-93355-13-8 03810

**정가** 12,000원

번역 장웅상 ┃ Jang Ungsang, the translator

기적의 1분 영어 연구소 소장
영문학 박사 포함 11개의 학위 취득
고려대 대학원 국문학과(한문학 전공) 수료
국제미래강사 교육연구원 교수
인문학 강연가, 번역가, 작가, 타로 전문 심리상담사, 사주명리학 상담사

저서 『공부가 하고싶은 당신에게』『알짜 영어 상식』『기적의 1분 영어』
시집 『식물교도서』『탁상용 1일 5분 영어 명언 365』

**눈물 값을 청구해야겠다** │ 김태실 시집

# 김 태 실

냇물이 흘러 강과 만났다
어깨 나란히 걷는 삶

강물에 섞여 또 흐른다
귀 열고 눈 감고 생각하면서

언젠가 바다에 닿겠지
그땐, 지금의 꿈을 바라보겠다


**2024년**
**김태실**

시인의 말 · 4

# 1부   밤이 걸린다

낫 _14

미꾸리와 미나리 _15

발자국 _16

밤이 걸린다 _17

날개 _18

당신 _19

깨끗하게 이기는 법 _20

꽃잎 주의보 _21

단호박 _22

덫의 기억 _24

독백 1 _25

독백 2 _26

돌멩이가 꽃피우다 _28

나비 날다 _30

동화작가 윤수천 _31

## 2부  눈물 값을 청구해야겠다
### I should charge for tears

영문 번역 장웅상 Jang Ungsang, the translator

거미줄 | A spider's thread _34

기특한 명절 | A Special Holiday _36

가을 엽서 | Autumn Postcard _38

감의 기분 | The Mood of Persimmon _40

그래도, 창문 | Still, Windows _42

눈물 값을 청구해야겠다 | I should charge for tears _44

암호 풀이 | Decryption _46

언니 | Sister _48

과도기 | Transition period _50

천천동 | Cheoncheon-Dong _52

# 3부    바나나 시클리드

뒤통수 _56

리듬이 깨졌다 _57

마지막 통화 _58

바나나 시클리드 _59

밀물의 시간 _60

밤의 날갯죽지가 결린다 _62

바위산 _64

바가지 _65

비누 _66

방울토마토 _67

빙의 _68

빗자루 _69

샘내 공원 _70

생일 로그인 _71

생의 한 주기 _72

# 4부 벽은 벽이 아니다

손잡이 _76

수원을 아시나요 _78

섬 _79

순환선의 하루 _80

벽은 벽이 아니다 _82

신호등 _83

안경도 몸을 부러뜨리는구나 _84

보이지 않아도 보고 들리지 않아도 듣는 _85

알람 _86

그날 강가에서 1 _88

그날 강가에서 2 _90

지독한 기억 _91

장맛비 _92

자몽 1 _93

자몽 2 _94

차례

5부　　절반의 그녀

사랑한다 _98

용접 _99

의미 잇기 _100

첫 그리고 끝 _101

절반의 그녀 _102

이건 노을이 아니야 _104

청동그릇 한 점 읽어요 _106

체크카드 _107

친정 _108

택배 _109

접시 _110

통 _112

푸른 목소리 _113

한여름의 무언극 _114

항쟁 _115

# 6부 　　 허공에 묻힌 사람

가시고기 _118

햇살 인연 _119

고들빼기 _120

허공에 묻힌 사람 _122

탄생석 _123

헤어지지 못하는 인연 _124

호접몽 _125

화산의 잠 _126

화석 _127

후예들의 눈빛 _128

흙 _130

뮤즈 _131

매미 _132

제3의 봄 _134

공중마을 _136

개천은 처음의 얼굴로 지나고
어제의 풀은 다듬어진 빛깔로 자리를 지킨다
지나가는 낯익은 발길이 멈춰 너를 애도한다

오늘도 숨 하나가 날아갔다

– 「날개」 중에서

1부

밤이
결린다

# 낫

가슴에서 타는 화로
속 깊이 달궈진 둥근 쇳덩이
세상을 구르며 스칠 때마다 삶의 무늬를 그린다
검게 탄 흔적은 지워지지 않는 멍 자국

잎이 흙을 향해 투신하듯
벼리고 벼려 공기를 가르는 날렵한 춤을
너의 날개라 부른다

생의 파도에 밀려 한 구석에 쪼그려 앉아
오랜 석상처럼 잊혀진 이름
창고에 방치된 네가 내게 건너온 순간
날개에 내려앉은 은은한 빛은 쉼 없이 나를 유혹하고
푸른 별에서 들판의 심장을 훔친다

## 미꾸리와 미나리

수풀 사이 미끄러지듯 노니는 너와
생수에 발 담그고 사는 나
태어난 곳은 달라도 뿌리는 하나
우리가 기어이 만날 수밖에 없는 이유
나를 부러뜨려 너를 살리고
네가 부서져 나를 살리는
서로의 등뼈를 섞어야 완성되는 그림
매끄러운 껍질에 담은 푸른 빛 한 줌
미끈한 줄기에 감춘 바람 한 소절

뚝배기에서 바글바글 끓고 있다

## 발자국


공원 옆길을 절뚝이며 걷는 비둘기
먹이 한 톨 없는 길을 따라가는 게 가엾어
모이 한 줌 뿌려 주었지, 콕콕 쪼더니
바닥에 쓰러져 꼼짝하지 않네
손수건에 싸안고
손가락에 물 찍어 부리 시이로 흘려 넣어주자
두 번 삼키곤 고개를 떨궜어
유품으로 남기고 떠난 접힌 날개
그 걸음 새겨있는 공원 나무 밑에
가득한 슬픔

아무도 밟지 않은 눈 쌓인 공원에
돌아올 수 없는 방향으로 찍힌 발자국

# 밤이 결린다

하루를 마무리하는 늦은 시간
지하철 객실에는 선 사람 하나 없이 모두 앉았다
꼿꼿하던 오른쪽 젊은 남자
바람에 밀리는 갈대같이
머리에 머리를 기대 온다
그의 품에 안긴 알 수 없는 사각 통
옆구리를 찌르고
흠칫, 바로 앉았다 다시 기울기를 반복한다
얼마나 피곤하면 이럴까 하는 생각에
가만히 지지대가 되어 주는데
흠칫거림도 없는 무게감에 밤이 결린다
덜컹이는 소리 따라 눌리는 옆구리

밤은 깊어 가는데

꺾어지는 허리 바로 세우며 걸어온 날들
새어 나오던 한숨도 순간
밤이 지나간다

## 날개

앞으로 그쪽으로는 가지 않겠다
매일 산책할 때마다 마주치는 주검

날개를 부러뜨리고 목덜미에 박힌 잇자국
무리 지어 놀던 개천 옆 풀숲이
자신의 무덤 자리였다는 건 알았을까

네가 사라졌는데 여전히 먹이를 쪼는 평화
개천은 처음의 얼굴로 지나고
어제의 풀은 다듬어진 빛깔로 자리를 지킨다
지나가는 낯익은 발길이 멈춰 너를 애도한다

오늘도 숨 하나가 날아갔다
지난번 너를 지켜보던 눈이다

하늘에 긴 궤적이 그려 있다

# 당신

올해도 살구꽃 함박 피었다
벤치에서 나무를 올려다보던 당신
달보드레한 살구를 떠올리며 우리는 작게 웃었다
바람이 가까이 와 멈칫거리다 잰걸음으로 떠나고

푸른빛 알맹이가 살굿빛으로 건너가듯
꽃만큼 전구가 켜지겠다던 사람 어디 갔다
스쳐 지난 바람처럼 벤치에서 홀로 고독한
황적빛 열매를 보는 황금빛 눈물

열매 떨어져 디딜 틈 없는 바닥
보드레한 얼굴은 제 몸 헐어 흙에 향을 심고
흙은 제물의 달짝한 맛을 핥는다

화단의 오래된 살구나무
들고나며 눈 마주칠 적마다
나무 뒤에 숨어 보던 그림자 하나
홀연히 떠났다, 영원히

# 깨끗하게 이기는 법

방심의 때 갑자기 공격하는 손아귀
이유 없이 올가미를 치는 그 손은
바이킹 탈 때처럼 오금 저리게 하네
아득히 먼 곳에 있다가 한순간 다가와
성벽 틈 풀포기 뽑듯 순식간에 낚아채는 그물망
갈퀴에 걸려들지 않기 위해
끈질기게 달라붙는 성가심도 즐겨야 하지
기울어진 살구나무 뿌리가 드러나고
서쪽 끝으로 다가선 단풍나무 소식을 들으며
항아리에 물을 채우고 있어
열려 있는 동안 흰 구름을 담고
화단에 물을 주고 나비를 키우지
찰랑, 목까지 차올라 더 채우지 못할 경계가 오면
지고도 생생한 붉은 동백꽃처럼
고양이의 소리 없는 발바닥이 되어
웃겠어

## 꽃잎 주의보

꽃이 올라온다 태풍보다 빠르게, 더 빠르게

덩달아 집을 때려 부순다

깨어지는 것은 집이 아닌 얼굴들

얼굴에 숨겨있던 웃음이 깨어져 나온다

죽은 듯 잠잠하다 꼭 이때쯤

세상을 들쑤셔대는 저 바람의 의미

허리케인, 사이클론, 윌리윌리보다도 무섭게

사정없이 흩뿌리며 마음을 빼앗는다

앞집 K는 날아가는 마음을 붙잡느라 애를 썼고

옆집 Y는 트렁크에 짐을 싣고 한적한 바닷가로 피신했다

길을 걷다보면 어느 틈에 달려와

머리에, 가슴과 얼굴에 입을 맞춘다

쿵쾅거리는 심장의 박동을 다스리지 못하고

봄 속에 들어앉아 밖으로 나오지 못한 이도 있다

꽃 진 자리에 잎 봉긋 돋으면 헤매던 길에서

제자리로 돌아오는 사람들

# 단호박

손가락으로 눌러도 한 치 흐트러짐 없는 철옹성
단내가 새나갈까 봐 단단한 벽을 세웠나
반을 자르자 쩍– 갈라진다
붉게 충혈된 몸 두툼한 살 속에
거미줄 같은 실핏줄로 감싼 씨앗들
수저로 움푹 퍼내자 자궁이 휑하다
이등분,
사등분,
팔등분
비명처럼 내지르는 소리의 여운이 사라지기 전에
김 오른 찜통에 앉혔다
팔팔 끓는 물의 열기가 기승을 부린 몇 분 후
젓가락으로 찔러 보니 순하다
상서로운 기운은 어디 갔을까
단맛만 남기고 단단함은 사라진
껍질조차 부드러워, 부드러워
붉은 살과 버무려진 단호박

세상의 모든 단단한 것들은

뜨거운 김을 쏘이면 벽을 부순다

본연의 맛을 드러내기 위해 순해지는

다시 태어나기 위해 죽는

## 덫의 기억

개천을 따라 이어진 한적한 산책로
수십 마리 까치가 일제히 날아오른다
U자로 휘어진 낚싯줄에 목이 친친 감긴 한 마리
허우적대며 울고 있다
영하의 날씨에 날개는 젖고
몸부림치는 만큼 더 조여지는 삶의 공포
벗어날 수 없는 끈이다
까치를 한 손에 쥐고 낚싯줄을 풀었다
생의 막바지에서 마구 쪼아대는 부리
두렵겠지, 기다려 보렴, 나는 친구란다
한 손에 차고도 넘는 체격과 훤한 인물
눈을 맞추고 손을 폈다, 날갯짓이 힘차다
건너 나무에 앉아 한참을 울어댄다
까치야, 잘 살아라
고개를 여러 번 까딱이더니 날아간다
생의 길에 올무는 예측 없이 발목을 잡는다
나를 묶었던 끈은 느슨해지고
올가미를 빠져나와 바라보는 하늘은 푸르다
저 푸름을 온몸으로 날고 있는 이들
덫의 기억을 알고 있다

# 독백 1

여자도 사람이다, 인간으로 대우해 달라는
내 말은 씨알도 안 먹혔어

봉건제도에 여성 해방을 부르짖는 나를
조선은 쓰레기처럼 버렸지
햇살에 녹는 고드름같이 사라지라 하네

귀에 들려 저 바람의 말
눈에 보여 저 작약 꽃의 춤
내 안에 혼불이 타고 있어

눈엣가시가 되어 병들고 배고픈 몸
길바닥에 먼지처럼 내려앉아도
훗날 여성들은 인간다운 삶을 살 거라고 외쳤지

백년이 지난 지금, 나를 선각자라고 부르네
나는 지하에서 웃는 최초의 여자*

---

\* 한국 최초의 여성 서양화가 나혜석

독백 2


매일 몇 편의 영화를 보고
하루에 수십 편도 봅니다
땅과 하늘 사이 달라지는 계절의 얼굴
피고 지는 꽃에 둘러싸여

사는 게 너무 재미있어요
당신이 부를 때 못 가겠다고
도저히 안 되겠다면 어쩌지요

열매와 꼬물대는 열매의 열매를 보며
그래그래 *끄덕끄덕* 하는 재미
당신은 모르실 거예요

부르면 언제라도 따르겠다고 했는데
어떡하지요
이 재미 당신이 주셨지요
알아요 당신이 주셨어요

꼭 불러야겠다면

당신이 꼭 불러야 하겠다면 그때쯤

사는 게 재미없게 해 주세요

그럼 때가 된 줄 알겠습니다

# 돌멩이가 꽃피우다

– 어느 장애인의 고백


태어날 때부터 찌그러지진 않았어요

영아원이 나를 키웠고 고아원으로도 가야 했지요

동네북처럼 툭툭 치고 가는 북채를 피해

구석진 곳에 앉아 물기 젖은 하늘을 봐야 했어요

어떻게 하면 세상을 버릴까 생각도 했지요

그곳을 떠나야 할 나이가 되었을 때

구르는 일이 눈에 들어왔어요

남의 집에 얹혀살다가

뇌성마비 남자와 혼인을 하고

입에 넣을 밥 한 술을 위해 밤낮없이 뛰었어요

장사를 마치고 돌아오는 길에 나를 주저앉힌 사고

발에 바퀴 네 개를 달아야 했지요

굴리고 구르며 서쪽에 다다라서야

검정고시로 학교를 졸업하고 시집도 냈어요

축축하게 젖은 돌멩이 뽀송하게 말려 탄생한 시어들

지금 나는 행복해요

나를 버린 엄마처럼 세상이 나를 버리지 않았거든요

제멋대로 구부러져버린 손가락 몇 개로 자판을 치고

무채색이 유채색 꽃을 피우고 있는 지금

버려진 돌멩이의 변신

전성시대는 이렇게 오는군요

## 나비 날다


제를 올리고 묘지 문을 열었다
부모님 유골과 몇 개의 금니
흙이 슬어놓은 흔적 안고 찾아간 승화원
버릴 것 버린 변태이다


유택동산 40 계단은 탈피의 길
대리석 제단 돌 뚜껑을 열고 한 줌, 한 줌
온기 있는 사랑을 손에 담아 뿌렸다
이곳은 세상 벗은 나비 껍질이 모이는 곳


고별식, 이별 잔치


구월 보름 맑은 하늘
흰나비 두 마리 나풀나풀 날아간다

# 동화작가 윤수천

윤이 나는 여섯 권의 선집이 탄생했어요
수십 년 글을 써 팔십이 되었을 때 이룬 꿈이지요
천 가지 만 가지 다 있어도 동심이 없다면 빚을 수 없는 보물
윤슬로 반짝이는 선집 여섯 권에는 73편의 동화가 담겨있어요
수원에서 유일하게 인세 받고 글을 쓰는 원로 작가
천년에 한 번 나올까 말까 한 인물이지요
윤리에 어긋나지 않는 사람의 도리가 글마다 숨어 있어
수선화 노란 꽃이 활짝 핀 듯 아름다워요
천문대에 올라 바라보는 풍경과 뜨고 지는 햇살의 순리가 있는
윤택한 작가의 내면에서 우러난 작품은 우리에게 말해요
수고하고 애써야 반짝이는 한 편의 도자기 같은 작품이 빚어진다고
천릿길도 한 걸음부터이니 우선 쓰래요
윤활유 바른 기계처럼 매끄러워질 날이 있다네요
수없이 노력하면 부드럽고 향긋한 글짓기를 할 수 있다는데
천복, 하늘이 내려준 복을 나도 맛볼 수 있을까요

헌 니 보내고 새 이 받는 손녀처럼
나도 과도기를 거칠 수 있었으면 좋겠다
가벼운 시심을 밀어 올리며
웅숭깊은 시심이 솟구치는

–「과도기」 중에서

2부

눈물값을
청구해야겠다
I should charge
for tears

영문 번역 장웅상
Jang Ungsang, the translator

# 거미줄

수렁이고 펄인 집
낭창한 손길에 옷깃이 붙들려
깊은 늪에 빠졌다
발을 딛지도 않았는데 몸이 끌려
풀벌레 손잡아 데리고
날개에 얹힌 꿈 사그라들게 하는
뜬구름 잡는 투자의 갈퀴손
견고한 바람에 혼을 새겨 넣는 일
저 곳에 들면 목숨은 한마디 기도로 바뀐다
사각형, 육각형 속 텅 비어 있는
허망의 틀에 한 생명 보시되어
허우적이고 허우적이다 고요해지면
다소곳 외면하고 있던 입 발을 내민다
순리 거스르지 못한 생명의 무덤
허공에 새긴 집 스쳐 지나지 못해
스미듯 묻힌 사람,

## A spider's thread

A house of a bog and a mud

The collar was caught by a cheerful touch

And drowned in a deep marsh.

The rake thorns of investment in catching floating clouds

which Hold the grass bug's hand

That wither dreams resting on wings

That my body is dragged though I didn't step on my feet

Carving the soul into a gentle and sturdy wind

Once I enter there, my life turns into a single prayer.

Life is given away in a place where the empty air comes in and out

Within squares and hexagons,

When it struggles and becomes still,

The mouth that turned away shyly from one side

holds out its legs.

A grave of life that cannot defy a rational manner,

Unable to pass through the engraved house in the air,

A Buried person that permeate is the air

## 기특한 명절

명절인데 아무것도 하지 말래요
가끔 감자부침개를 맛보여 주더니
이번 명절 음식은 자신이 하겠다네요
여태 한 번도 없던 일이라 진가민가 했지요

사위와 같이 장을 봤어요
추석 연휴에 먹을 음식거리를 넉넉히 샀지요
꼬지, 동태포전, 동그랑땡, 갈비찜
하루 종일 전 부치는 일이 힘들 텐데, 재미있대요
딸과 손녀는 덩달아 신이 났어요

이런 명절도 있군요

시끌벅적한 거실에 조상님이 와 있네요
수북이 쌓여가는 음식을 보며 빙그레 웃어요
즐거운 명절이에요

## A Special Holiday

It's a holiday, and I'm not supposed to do anything.
Sometimes she gives me a taste of her potato pancake.
And she said she'd cook this holiday.
It never happened before, so I was really uncertain.

I went grocery shopping with my son-in-law.
We bought plenty of food for the Chuseok holiday.
Skewers, pollack pancake, pollack soup, braised short ribs.
It must be hard to cook all day, but she says it's fun.
My daughter and granddaughter were so excited.

Oh, this is what holidays are for.

It's a noisy living room, and my ancestors are here.
They're smiling at the piles and piles of food.
It's a happy holiday.

# 가을 엽서

따사로운 햇살 받는 발코니의 국화
아기 주먹 같은 손 펴고 있다
보랏빛 손가락 하나둘 열어 보이는 꽃망울
빛의 요정 한 발짝씩 걸어 나와
가닥마다 새겨진 주름의 문양으로
전설 같은 이야기 들려준다
사랑하는 이를 떠나보낸 여인이
매일 눈물의 편지를 쓰고는
부치지 못한 편지가 국화 속으로 들어가
보랏빛 답장이 되었다는 이야기
빗살의 강 건너오며 목을 축이고
곧고 튼튼한 줄기를 타고 온 소식
그리움이 화롯불처럼 핀다
물기를 말린 나뭇잎은 제 몸의 색을 바꾸어
조락을 노래하며 겸손에 가닿는 시간
벌레 먹은 계절 빛바랜 손 흔들며 멀어져도
가슴에 피는 그대 사랑 있어
슬프지 않겠다
이 가을 외롭지 않겠다

## Autumn Postcard

Chrysanthemums on the balcony in the warm sunshine

A hand like a baby's fist is stretched out.

A flower blossom with purple fingers opening one by one

Light fairy walks out step by step

With a pattern of wrinkles carved in each strand

She tells a story like a legend.

A woman who lost her beloved

wrote a letter of tears every day.

And when she couldn't deliver them, they fell into the

chrysanthemums

and became a purple reply.

The river of comb teeth crossed and quenched its thirst.

The news that It sheds its fragrance in sunshne

and comes on a straight and strong stem like a promise.

Longing burns like an open fire.

The dried leaves change the color of their bodies.

Sing of decay and fading and it is time to touch humility.

On a season eaten by bugs, though a faded hand waves away

Because I have your love blooming in my heart,

I won't be sad.

I won't be lonely this fall.

## 감의 기분

병실 한쪽 다소곳 어둠 몰아내는 생명의 빛
밤새 달 베어 물어 빛 잉태한 화사한 껍질
그 속 물컹한 살점 모두 내주면
불개미 파먹은 몸 회복할 수 있을까
온 몸 물든 생의 빛깔 저물어가는 빛의 후미에게
허물어 한 끼 양식이 되면
몇 모금의 숨 보탤 수 있을까

폭풍의 울음을 기억하는 붉은 몸
손닿지 않은 곳에 매달려 있을 때가 그리워
돌아갈 수 없는 길 돌아가고 있다
곁에 있어도 쉽게 다가서지 못하는
옆구리 꺾인 무른 살에 흘러들어
석양을 데리고 나직이 내려앉는다
저물어가는 저녁이 되기로 한다

저 바깥
우주의 바람이 손을 내민다

# The Mood of Persimmon

The light of life that drives away the darkness in one side of the
hospital room
  A bright shell that bites the moon all night and conceives light
  Can it recover from being eaten by fire ants?
  If it gives away all the bubbly flesh in it
  I wonder how many sips of breath it can take
  If it tears down and becomes a single meal to the trail of light
  Which the light of life begins to set that all bodies are dyed.

The red body that remembers the storm's cry.
It misses when it was hanging out of reach.
It's going back the way it can't go back.
It flows into the flabby flesh on its side
That can't reach easily even if it's near.
It gently settles down, bringing the sun set with it.
It decides to be a fading evening.

Outside
The cosmic wind reaches out.

## 그래도, 창문

거친 벽 마른 담쟁이 뿌리에 햇살 막막히 내려앉을 때
꽃망울 터지듯 봄소식 검색창에 뜨면
강물은 소리 없이 곁에 와 앉는다

가지마다 핀 벚꽃 잎이 흩날리며 제문을 쓰는 것 같다
마지막 인사를 겨우 끝내고 떠나간 사람
종일 들여다보는 창문 속에 아직 있다

갇혀 있지만 자유로운, 자유롭지만 만날 수 없는
손끝에서 피어나는 안부는 언제나 거기까지
그 선을 뛰어넘어 손 내밀지 못하는 화석의 시간
조금 헐거운 때 나도 네게 흐르는 강물

바람은 덜컹이며 나를 흔들고
입에 문 잘 있으라던 말 햇살처럼
닫힌 유리창을 넘나드는데
너의 흔적을 찾아 기웃거리는 나

수십 번 널 만난다
늙지 않는 봄 속에 살고 있는
너를 향한 내 강물은 오늘도 외줄기다

## Still, Windows

When the sunlight beats down on dry ivy roots in Rough walls
If the news of spring pops up in the search box like a burst of flowers
The river comes and sits beside me without a sound.

The cherry blossom leaves on the branches are scattered and seem to be writing an memorial message.
A person who barely finished saying goodbye and left
He is still in the window which I look in all day.

He is trapped but free, free but unable to meet.
A hello that blooms at his fingertips is always until there.
Fossilized time that can't reach out beyond that line
When I'm a little loose, I'm a river that flows to you too.

The wind rattles and shakes me.
A word of saying goodbye in his mouth moves through the closed glass window like the sunshine
Through the closed glass window
I'm looking for your traces and peering around.

I meet you dozens of times.
My river toward you is still an outflow today
Who live in the spring that never gets old.

# 눈물 값을 청구해야겠다


오늘이 아직 도착하지 않은 곳
나의 지금은 미국 플로리다 열네 시간 전
한 달에 두세 번 울리는 전화선을 통해
여인의 눈물을 본다
한국전쟁이 한창일 때 열 살 아이
전쟁의 참혹함을 작은 몸으로 맞부딪쳐야 했던 공포
그 참상 되살아나
우크라이나 사람들이 불쌍하다며 우는 언니
태평양 건너 미국 생활 40년을 넘긴
그녀의 가슴 아픈 눈물
여든이 넘은 과거가 현재로 달려와 파열음을 낸다

게임처럼 밀당하며
유럽의 빵 바구니를 쑥대밭으로 만드는
러시아 대통령 푸틴에게 눈물 값을 청구해야겠다
21세기 전범의 딱지를 붙이고
실록에 올라 천 년을 갈 그에게
남은 생을 계산하는 방법을 알려 줘야겠다

## I should charge for tears

Where Today didn't Arrive yet

My present is Florida, USA, fourteen hours ago.

I see a woman's tears through a phone line that rings two or three times a month.

I see a woman's tears.

A ten-year-old child at the height of the Korean War

The horror of having to face the horrors of war with a small body.

I relive the horror.

My sister who cries saying she feels sorry for the people of Ukraine

Across the Pacific, American life, over 40 years

Her heartbreaking tears

The past, more than eighty years old, rushes into the present and makes a bursting sound.

Putin pushes and pulls like a game

And Turns Europe's bread basket into a mush.

I should charge him for my tears.

I want to put a label him a 21st century war criminal.

And I will show how to calculate the rest of his life

to him who are recorded in the chronicle for thousand years.

## 암호 풀이


초등학교 2학년 손녀 제 엄마의 부추김으로 거실 가운데 섰다 음악이 나올 때를 기다리는 진지한 자세


손을 머리 위로 높이 들어 등뼈를 곧추세운 동양란 줄기 끝 한 송이 꽃, 나풀나풀 날갯짓은 사슴 이마에 꽃핀으로 앉았다 날고 들꽃 사이사이를 골리 딛듯 초원을 뛰는 가벼운 발, 회오리바람을 일으키는 부드럽고 날렵한 허리 깊고 맑은 눈동자에 담긴 푸른 하늘 바람을 마주한 풍향계는 까딱이는 참새의 고갯짓 숲속 무도회


제 엄마 뒤로 달려가 숨는 부끄러움, 쑥스러움은 어디서 오는가 무엇이 아이를 자라게 하는가 조금 지나면 재롱 보기도 힘든 100에서 5도 안될 시간 혈관을 흐르는 기쁨 암호와 해석의 경계를 넘나드는 저 반려

# Decryption

My granddaughter, a second grade of an elementary school, stood in the center of the living room by her mother's inciting.

Serious attitude  waiting for the music to start


A flower at the end of a stem of Asian orchid with a spine raised high above the head and with its spine straight

Its fluttering wings sat on a deer's forehead as a flower pin and flew. Light feet running on the meadow as if it chose and stepped among wild flowers, and the weather vane facing the blue sky wind included in its soft, sleek waist creating a whirlwind and a deep and clear pupil are the sparrow's nodding gesture, a ball in the forest


Where does the shyness and bashfulness of running and hiding behind its mother come from? What makes a child grow up?

Time less than 5 out of 100, which is hard to even look at playfulness in a little while

Joy flowing through the blood vessels

The companion that crosses the boundary between code and interpretation

# 언니

반세기를 타국에 몸 부린 여인
텔레비전은 영어로 떠들고
갓 쓴 등은 연한 빛을 흘린다
초저녁잠 많은 형부는 잠자리에 들었는데
한밤중 소파에 묻혀 조는지 자는지
가끔 팔다리를 움찔거리는 여인
어릴 때 친구들과 고무줄놀이를 하는 걸까
학창 시절 꿈을 향해 발돋움하는 걸까
꽃봉오리 하늘하늘 춤추던
화려한 시절 막을 내리고
엘레지의 여왕 노래를 들으며
그때를 눈물로 다녀오는
그리워 그리워라
엘레지의 여왕, 우리가 한 무대에서 빛을 발했던가
젊음을 치열하게 산 연예계의 막은 내리고
기억은 추억이 되어 눈물 흘린다
저 여인이 나를 키웠다
늙은 부모를 대신해 공부시킨 사랑
청춘을 건너온 여인을 보며 내 가슴이 운다
가엾어라, 고마워라
어머니 같은 나의 언니

## Sister

A woman who spent half a century in another country

Television Speak in  English

And a lamp which wears a hat shines a soft light.

In the early evening, my sleepy elder sister's husband went to bed.

In the middle of the night, a woman is unsure if she nods or sleeps on the couch.

She sometimes twitches her limbs.

I wonder if she plays with rubber bands with her friends when she was young.

I wonder if she pursus her dreams as a student.

The colorful days are now behind me

Which flower buds danced in the sky.

When I Listen to the Queen of Elegy's song,

I remember about those days with tears in my eyes.

I Miss you. I miss you.

Queen of Elegy! Did we shine on the same stage?

The curtain falls on the entertainment industry where she passionately lived her youth.

Memories turn into memories, and she cries.

That woman raised me,

The love I learned on behalf of my elderly parents.

My heart aches when I see a woman who crossed the threshold of youth.

I feel pity. I'm grateful.

My sister, like a mother to me

# 과도기

단단한 음식 겁 없이 씹어 먹던 열 살 손녀
흔들리는 이 빼러 치과에 갔다
엑스레이에 나타난 올망졸망한 흰 치아들
밀어붙이는 속니에
송곳니와 어금니들이 자리에서 밀려나고 있다
잇몸 가득 품은 저 솟구침
빠지고 나고
빠지고 날거라는
깊은 어둠 속에 숨은 이가 얼굴 내민 이 꼬리를 받치며
자동으로 바꿔주는 치아처럼
헌 니 보내고 새 이 받는 손녀처럼
나도 과도기를 거칠 수 있었으면 좋겠다
가벼운 시심을 밀어 올리며
웅숭깊은 시심이 솟구치는

## Transition period

My ten-year-old granddaughter who chewed solid food without fear

Went to the dentist to have her wobbly teeth removed.

The uneven white teeth on the x-ray

Fangs and molars were out of place

 by its pushing inner teeth.

That surging full of gums

Falling out and coming in

falling out and flying

Like a tooth that a hiding tooth in the deep darkness supports tooth tail

that's out in the open.

And  change automatically

Like a granddaughter who sends an old tooth and receives a new one

I wish I could go through a transitional period

With a light heart pushing forward,

With deep emotions surging forth.

# 천천동

초중고 대학교가 교문을 맞대고 있는
수면 위를 뛰어 오르는 물고기들의 팔딱거림

수십 년 전 둥지를 지은
비단마을영풍마드레빌

1002호 가족
아기 새 날갯짓에 힘 실리자
첫째 미국으로 이소하고
둘째 옆 가지로 이소한 뒤
저녁 햇살 받으며 날아간 그 사람
둥지를 지키는 나

천천히 살라는 천천동에는
행동 말 생각이 빠르다

천천히 가도 될 길을 먼저 떠난
옆자리가 비어 있는 천천동에서
홀로 늙어가는 여인

# Cheoncheon-Dong

Elementary school, middle school, high school, and university
are facing one another.
The flapping of fish jumping over the surface of the water

A nest built decades ago
Silk Village Youngpung Madreville

Family 1002
After baby birds flapped their wings,
My First child migrated to America.
And my second child moved to a neighboring branch.
He flew away in the evening sunlight
I guard the nest.

In Cheonan-dong whose meaning is to live slowly
To act, speak and think is quick.

In Cheoncheon Dong where the seat next to me is empty
He left the road that could go slowly
A woman growing old alone

단단히 그러모은 손힘이 느슨해지고
버려진 듯 비스듬히 서 있어도 실망하지 않아
거미줄 떼어내고 낙엽을 쓸 일이 내게 남아있거든
낡은 빗자루는 버려도 옹골진 마음은 버릴 수 없는

- 「빗자루」 중에서

3부

바나나
시클리드

# 뒤통수

직접 대면하지 못한
거울의 도움 없이 만날 수 없는 곳
미간 역 출발하여 생각 속 기차 타고
눈 감아야 찾을 수 있는
깊고 어두운 터널 지나
후두골 감싸고 있는
그대 하고 부르면 그래 하고 대답하는
아침에 길 나서면 집 돌아올 때까지
좀처럼 눈길 주지 않는
수북한 머리칼 속에 감춰 있는 곳
봉긋한 그곳 쓰다듬으면
따뜻하게 전해 오는
나의 방패막
뒤통수 역에 다다른다

# 리듬이 깨졌다

왼쪽과 오른쪽이 한결같은 레일의 규칙을 벗어나
최소 작용의 법칙이 지켜지지 않는다

온갖 계절 다 지나왔어도 꼿꼿했던 발목
평평한 길이 자갈길보다 매서운 회초리를 갖고 있다

서로 맞잡은 관계의 손 놓아야만 할 일이 있었을까
우리 이쯤에서 작별하자고 뜻을 맞추기라도 했나

왼쪽에 무게를 싣고 오른쪽을 가볍게 딛으며
고마웠다, 고마웠다, 고맙다고
참 오래 지탱해 준 네게 인사한다

길이 뒤뚱뒤뚱 오르내린다
내 곁을 지나는 사람이 휘청휘청 흔들거린다
신호등 숫자가 꺼져도 차들은 꼼짝하지 않는다

한사람
내게 맞춰 천천히 걷는다
가족처럼 따뜻한 모르는 사람

# 마지막 통화

- 어느 시인의 죽음


박물관에서 문학행사 중

시상식 부분에 부르르 떠는 손 전화

뒷문을 향해 소리 죽여 뛰었다

- 여보세요, 여보세요

- 여보세요

세 번의 목소리에 답할 수 없어

문밖에 나가서야 안녕하세요를 했다

오랫동안 칩거한 시인

그의 혀는 절반이 굳어 뻣뻣해진 목소리

반갑게 대화를 나누고 서로의 건강을 빌었다

사흘 후, 그의 부고

시간에 묻힌 과거를 보여주는 박물관에서

자신의 기억을 전설로 간직하라고

마지막 말을 남기고 떠났는가

읊고 읊던 시의 집에 갇혀 깊은 잠에 빠진 시인


가벼운 날갯짓을 보여 준 그에게 전화를 건다

여보세요, 뚜 ─

하늘나라는 언제나 불통이다

## 바나나 시클리드

벗어나려 해도 꼬리를 잡는 물의 손
나를 감싼 품을 떠날 수 없다
구석에 숨어도 수면을 박차고 올라도
다시 안기는 물의 가슴

가보지 못한 나의 고향은 다른 세상일 거야
그곳은 무지개 뜰 거야
내 꿈의 지도를 품고 찾아갈 세상
그곳을 향해 떠나고 싶다

지구 밑바닥에서 솟는 생명의 뿌리를 떠나지 마
아프리카 말라위 호수가 고향인 황금빛 너
조상 대대로 맺은 계약, 물의 가슴에서 사는 일
번지듯 흘러 어디든 갈 수 있는 그곳에 무지개 있지

가문 때도 멈추지 않고
펑펑 쏟아내는 팔달산 지하수처럼
마르지 않는 물의 가슴에 너의 꿈이 있지
약속을 믿어봐

# 밀물의 시간


발코니 의자에 앉아 밖을 본다
우체국 옆 땅 밑동 다지는 소리
쇳조각 잘라내는 날카로운 파열음
나무를 두드리는 망치의 텁텁텁
후렴처럼 쏟아내는 드르륵 촤악


한 공간에 오래 서 있을
크고 단단한 건물 뿌리 심어지고 있다
뻗쳐있는 무겁고 긴 팔 서서히
시멘트 덩이 나르고 철판은 공중을 가른다
사다리 오르내리는 안전제일 모자


발판과 함께 공중을 난 새
바다에 몸을 심어 뭍에 오르지 못한 사람 있다


저 좁은 나무판 위 외줄을 걷는 다른 발
오늘도 온종일 두드리고 이어 붙이는 힘


땀방울 버무려 식구 위해 뼛골 내주는

아버지가 만드는 세상

그는 지금 밀물의 시간을 살고 있다

# 밤의 날갯죽지가 결린다

지하철 불 밝은 내장에 그득한 생명들
경로석 가운데가 비었다

주위 사람들 탐내지 않는 자리 앉고 보니
바로 앞, 손잡이를 구명줄처럼 잡고
차가 흔들리는 대로 휘청이는 젊은이
만취한 아들 또래
갑자기 바늘방석이다

한 정거장 두 정거장 지날 때마다
깊이 흔들리는 피로 한 덩이
벌떡 일어섰다
팔을 건드려 신호를 주자 간신히 뜬 눈
말없이 빈자리를 가리켰다
털썩 주저앉아 두 손을 깍지 낀다
손에 이마를 얹는 와불臥佛

불현듯 떠난 아들
살아있다면 저 젊은이쯤 되었겠지

가도 가도 시커먼 속 달리는

차창 밖 아롱지는 별빛


내 날갯죽지에 사는 빛이다

## 바위산

집채만 해도 가벼운 바위
너른 등에 누워 푸른 하늘을 보던

서울에서 부산으로 화물차 수백 칸 보내고
손에 쥔 도박 놓지 못해 가족 목마르게 한 사람

황금기 지나 무채색에 갇혀 희뿌옇게 잠겨든 서쪽 풍경

이끼 덕지덕지 붙어 쓸모없다고 손가락질해도
바위가 나무처럼 잎을 피우는 거라고 하시던 어머니

바위산이 자리를 비웠을 때 하늘은 더 이상 푸르지 않았다

내 가슴에 아버지 있다
집채만 해도 가벼워 내 등에 업혔던 푸른 하늘

## 바가지

밥상 차리던 손길에 잡혀 뜨물 버리고
맑은 물 무던히 받던 손때 묻은 바가지
세찬 바람에 마음 헹구며
한 몸 되어 떠다니던 설법의 시간
침묵의 언어 고요히 읽는다

반으로 잘려 끓는 물에 삶아지고
속엣것 들어내 껍질 벗겨져
틈 없이 마르는 목마른 날들
들리지 않아도 들려오던 말
어머니
사각 틀 속 물안개 보듬으며
온화한 미소로 피어나던
화양연화

# 비누

덩어리가 녹아 단단하게 굳었어
문지를수록 순해지며 가벼워지는 나이
닳고 닳아 어려지면 우리끼리 모여
한 번 더 거품을 게워내는 잔치를 열지

사실 나는 아무것도 아니었어
살구씨 기름의 밍밍하고 맛없는 바탕에 색깔과 향기가 섞여
꽃, 물고기, 빵 다양한 얼굴이 되었지
어떤 모양이든 마지막 순간까지 이름을 배반하지는 않아

눈 뜨면 앞에 있고 말하면 들리는 거리에서
언제나 널 기다려
심장에 박힌 멍, 마음에 묻은 먼지를 지우려고
네가 쏟은 눈물의 이유를 데리고 떠나려고

나는 뼈를 갖고 있지 않아서 원망도 없어
구름 모양 바뀌고 계절 빛 변해도
기억 어디쯤 잠들어 있는 향긋한 이름
그것으로 충분해
그것으로 나는 괜찮아

## 방울토마토

탑동시민농장에서 사온 생명의 힘
열매가 맺힐까 궁금해 하며 물을 준다
줄기와 줄기 쑥쑥 키워
가지마다 노란 별 꽃 달더니
우수수 꽃 떨어진 자리
푸른 열매 파랗게 솟는다
엄지 한 마디쯤 맺힌
딴딴함
견고한 성에 담겨있는 빛의 무게
지나가는 햇살 몸속에 들여
제 빛깔 담으려 얼마나 애썼을까
내가 잘 때 너도 자고
나보다 먼저 깨어 기다렸을
고만고만한 동그라미 주홍색
신통해라, 밤낮없이 들여다본다
발갛게 익는 방울토마토
일곱 살 너를 닮았다

# 빙의

돈과 전쟁의 틈바구니에서
가족과 떨어져 고뇌한 화가 이중섭
눈물을 흘리며 그가 살아난다
그의 영혼을 입고 쏟아내는 말
살아생전 제 마음껏 펼친 건
오직 그림 그리는 것뿐
밀물처럼 다가오는 열정을 부리기엔
담배 쌌던 속지조차도 없다
삶이 왜 이리 가난해야 하나
삶이 왜 이리 고달파야 하나
햇빛에 말라 까맣게 죽은 지렁이같이
대꼬챙이가 되어 떠난 영혼
그와 떨어질 수 없는 시인 구상과의 우정
수십 년을 뛰어넘어 만난 그들의 근황을
천국 생활에서 확인한다
드라마 각본은 영화가 되어
후손들이 두고두고 만날 인물
빙의된 중섭과 구상을 만나고
나도 그들이 된 시간
사랑하기에 나는 미친다

* 낭독 공연 제목

# 빗자루

한쪽에 우두커니 서 있다
내 손을 잡는 그에게 옮겨 가
거미줄 떼어내고 낙엽을 쓴다

나는 바닥보다는 공중을 사랑해
싸리나무 하나쯤 내동댕이칠 억센 폭풍과 천둥에도
죽어라 움켜쥔 지렁이의 발목을 놓지 않은 이유
정강이쯤 되는 키를 쑥쑥 키운 이유는
해리 포터의 나라로 가고 싶어서였지
너를 등에 태우고
길을 내고 길을 내면 마법같이 환해지는 때가 올까
티끌도 들여다볼 수 있는 눈으로 밤을 지새운 무수한 날들
쓸고 쓸다 결국 내가 쓸려 빛바랜 몸뚱이가 되었네

죽어서도 말끔한 길을 내고 싶은 나는
단단히 그러모은 손힘이 느슨해지고
버려진 듯 비스듬히 서 있어도 실망하지 않아
거미줄 떼어내고 낙엽을 쓸 일이 내게 남아 있거든
낡은 빗자루는 버려도 옹골진 마음은 버릴 수 없는

## 샘내 공원

삼월 한낮 햇살 부시게 쏟아지는 곳
주인처럼 자리를 지키는 물놀이장
젖은 생쥐 되어 물장구치던 아이들을 생각한다
한 치 오차 없이 그려내는 빛 그림
등을 달구는 햇살에게 건네는 말, 나를 기억하니
소리 없이 묻는 물음에 소리 없이 대답하는 햇빛
'당신이 앉아있는 자리는 지난날 당신의 가족과 함께했던 자리
그때를 그리워하는군요'

나무들 사이 깔린 굵은 가마니 길 발소리 숨기고
지저귀던 새들 보이지 않는다
적막이 되어 적막 속을 흐를 때
마주친 운동 기구 올라가 본다
삐걱이는 소리가 공원을 채우고 햇볕 사이를 난다
천천동 샘내공원은 적막과 수행 중
북적이던 목소리 바닥을 울리던 발소리
침묵 속에 감추고
고요의 먹먹함에 잠겨든 햇빛 공원
바람 한 점 느리게 흐른다

## 생일 로그인

카멜레온 몇 마리 저마다의 색을 버리고
한 가지 빛으로 맞춰 로그인
약지의 생일을 축하한다
다시 만나기 쉽지 않으니 멀지 않은 엄지의 날도 축하할까요
별을 단 엄지의 빛을 받아 나머지도 환한

태어나자마자 인간이 되겠나 지켜보다
100일을 지나 출생신고 된 핏덩이
바람의 길을 걸어와 이 자리에 도착했다
며칠 후에 생일이 들어 있는데
지금하고 멀지 않으니 축하해 주실 수 있나요
모두 박수치며 노래를 불러 주세요
로그인, 로그인

해가 바뀌어도 나이가 달라지지 않는 생일이 있다
녹슨 철길로 그대 태어난 날을 생각한다
세상을 떠나 피안의 세계에 다다른
그렇게 또 한 번 생일을 바꾼 당신
그곳은 어떤 빛깔의 모임인가요

## 생의 한 주기


생의 전부 같은 하나를 잃고
생의 전부인 하나가 남아 있다


밤하늘에 매달린 은빛 베리 가슴에 품으면
말갛게 열리는 길 따라
네가 간 곳 훤히 보이는 밤
과수원 포도나무로 서 있는 내게
가뭄과 홍수가 다녀가고
병충해에 농약을 치며 가지치기를 한다


오르막이 어느 날 내리막을 부를 때
내리막이 더 이상 내려갈 수 없을 때


생명이 드나드는 길목에 작은 동그라미
손댈 수 없는 깊은 곳에 버젓이 들어앉은 혈관종
이제 너는 내칠 수 없는 나
내가 사라져야 너도 가겠지


아무것도 가진 것 없이 태어나 모두 누렸듯

빌려 쓴 것 고스란히 두고 가야 할 마무리 시점
걸음마다 함께 숨 쉬고 햇살 웃음으로 같이 산다

우리 사이엔 있는 거예요

손끝에서 드러나는 안과 밖
안이 되고 싶은가요 밖이 되고 싶은가요
원하는 방향으로 당기거나 미세요

– 「손잡이」 중에서

4부

벽은
벽이아니다

## 손잡이

무표정하게 내 몸에 닿는 순간 알아요
불꽃 튀기는 용광로 하나 품었거나
숨기려 해도 숨길 수 없는 마음
구석 어디에 있다는 걸
따뜻해도 따뜻하지만 않고
차가워도 차갑지만 않은
머뭇거림이나 인기척이 숨 쉬고 있다는 걸

하늘에도 들판에도 손잡이가 있어요
새의 뒤척임이 날아간 자리
푸른 잔디에 햇살 비춰 풀도 윤슬이 된 자리
불현듯 전해 오는 속마음

녹이 잔뜩 슨 가마솥의 손잡이
수술을 마친 사람이 누워있는 병실의 손잡이
그것이 없다면 벽, 열 수가 없지요
눈에 보이지 않아도 문 열 수 있으니
우리 사이엔 있는 거예요

손끝에서 드러나는 안과 밖

안이 되고 싶은가요 밖이 되고 싶은가요

원하는 방향으로 당기거나 미세요

새 길이 열려요

## 수원을 아시나요

조선 22대 정조 임금이 도성으로 점찍은 곳
5.7km 성곽을 세워 화성이라 명하고
어머니 혜경궁 홍씨의 회갑연을 열었으며
동서남북 4대문이 연결되어 있어
희귀한 건축물이 세계문화유산으로 등록된 곳
아직 안 와 보셨다고요
효의 도시 수원
인구 백만 이상 대도시에 주어지는
특례시가 되었어요
수원시를 상징하는 꽃은 진달래
나무는 소나무 새는 백로
캐릭터는 청개구리
마스코트는 반딧불이랍니다
나혜석 거리 박지성 거리 공방거리가 있는
예술의 도시 수원
하룻길도 아니고 한나절 길도 아닌 길
수원에 놀러 오세요
사람의 정이 살아있는 수원
성곽을 걷다 방화수류정 정자에 올라
용연을 바라보며 담소를 나눌 수 있는 명소에서
편안한 행복 누려보세요

# 섬

캄캄한 관 속에 누워
기찻길 건널목 종소리를 듣는다
찌그러진 양은 주전자 두드리는 소리
전깃줄에 흐르는 뜨거운 소리
여객선 출발하기 전 울리는 긴 기적
모이를 쪼다 일제히 날아오르는 새 떼의 날갯짓
소리는 열댓 번 모양을 바꾸며
천천히, 급박하게
형태를 그리고 세부 골격을 그린다

자기장을 투영시켜 감지된 신호를
영상으로 구성하는 MRI
감은 눈 위로 푸른 빛줄기 금을 그으며 달아나고
최대한 편안하게 호흡을 가다듬은 28분
생각이 찍힐까,
감춰둔 목소리도 찍힐까, 배가 고프다
고독한 섬에서
둥글고 작은 구멍 하나 발견했다
남의 자리에 집 지은 물기 머금은 구슬
한 걸음씩 굴러가고 있다

# 순환선의 하루

왜 왔느냐 묻지 않고 받아 준다

모자를 벗어 M자로 파여들어 간 이마를 긁는다 비듬을 털어내고 눈보다 흰 몇 올 머리카락 쓸어 올린다 점퍼 왼쪽 오른쪽 주머니의 휴지와 명함꽂이를 확인하고 아침을 툭툭 털며 고쳐 앉는다 일분에 한번 씩 왼 손목시계에 눈길을 주며 오늘은 몇 바퀴를 돌까 생각하는 사내 축축하게 찌푸린 날씨 수없이 타고 내리는 사람들이 있어 심심하지 않은 노숙이 있어

아무리 돌아도 맨 그 자리
몸 부리고 눈 감은 거리만큼 매일 늙는 사람

신도림 대림 구로디지털단지 신대방 신림 봉천 서울대입구 낙성대 사당 방배 열 정거장이 지났다 서초 교대 강남 역삼 선릉 삼성 종합운동장 잠실새내 잠실 잠실나루 스무 정거장이다 강변 구의 건대입구 성수 뚝섬 한양대 왕십리 상왕십리 신당 동대문역사문화공원 서른 정거장째다 을지로4가 을지로3가 을지로입구 시청 충정로

아현 이대 신촌 홍대입구 합정 마흔 정거장 당산 영등포
구청 문래

  마흔세 정거장을 지나면 다시 신도림
  순환되는 하루가 있어, 좋았다

# 벽은 벽이 아니다

음향실에 갇혀
음향기를 조작하며 밖의 흐름에 발맞춰야 하는
그 시간만큼은 나올 수 없는 사람
황금 나무 문학 열매의 씨앗이 되어
면벽 수도 하는, 누구도 얼굴 들이밀지 않는 곳

벽 이쪽에서 저쪽으로의 갈망을 무수히 잠재운
열다섯 해, 발효한 고급 효소
그 향기 문파에 스미어 왔다
보이지 않는 곳에서 들리는 일을 해야 하는 남자
한 해 두 번 정점에 숨어서도 그는 빛난다

오래 자리 잡은 책임이 벽을 허물어
밖이 안이 되고 안이 밖이 되어
음률로 하나를 만드는 손끝의 꽃
삭여진 시간의 틈에서 돋아난 파문
벽은 없다

---

* 최정우 시인

# 신호등


신문 부고란에서 그의 이름을 보았다, 이동원
시를 노래한 사람


사랑하는 사람과 눈을 맞추며 듣던 향수 이별 노래, 우리는
그의 목소리를 들으며 사랑을 키웠다 건너야 할지 말아야 할
지 망설이는 신호등 앞처럼 삶의 나침반이 되어 왼쪽과 오른
쪽을 알게 하던, 흰 광목에 초록 물감 스미듯 채우던 빛의 방향


황색 불을 급히 건너 밤하늘에 별자리를 만든 그대
단절된 기억 안쪽을 걷고 걸었다


초록 물이 빠지는 동안 당신과 나는
결혼을 하고 아이를 낳고 시를 썼다
그의 떠남은 사랑하던 당신의 눈동자를 떠오르게 한다
헤어져 한 번도 만나지 못한


붉은 등이 들어온 생의 건널목, 발짝을 떼지 못한 마음 하나
오래 서 있다

## 안경도 몸을 부러뜨리는구나

콧등에 얹혀있던 연결고리 툭 부러졌다
하나였던 몸이 이어질 수 없는 먼 거리가 되었다
얼마나 오래 견디다 손을 놓았을까
떨어지는 것은 결별이라는 것이지
얼마나 힘들었으면 절벽까지 품었을까
이음새 싹둑 끊어내 그쯤에서 돌아서야 하는
같은 하늘을 볼 수 없는 시선
비오고 바람 불어도 티 내지 않던 미세한 흔들림
와지끈 끊어진 결연한 인연
실금이 실금을 낳고
바다를 보고 숲을 보았다

오래 함께했던 나무와 잎새
따뜻한 기억을 간직한다

## 보이지 않아도 보고 들리지 않아도 듣는

조금 칙칙하고 조금 어두운 이승의 그늘
해 뜨는 방에서 마르고 마르겠다

사는 일이 먹구름 같아서
속엣것 퍼주어야만 환해질 거 같아서
알라뷰 한 마디 눈빛마다 가볍게 날려
솜사탕 펼치듯 펴던 그녀

먼저 간 배우자와 같은 방에서
기다리던 얼굴 부여잡고
가슴과 가슴을 나눌
옥합 두 개 이름표 달고 나란하다

하늘누리 제2추모원 해실에 든
오월 아카시아 향 같은 여인
비로소 가슴 맞댄 포옹
뼛속까지 하나였던 정분

새로운 세상에서 우린 행복하다며
환하게 웃는 얼굴 보인다

## 알람

시간 속으로 걸어 들어간 나를 불렀나요
매번 나를 살려주는 건 당신이군요

웅크리고 기다리는 동안 등뼈는 휘고
바닥을 딛고선 신발은 스스로 닳아요

눈 들어 하늘을 봐도 날개를 펼 수 없어
꿈이 이런 건가 생각했지요

바다를 유영하는 한 마리 물고기가 되고 싶어
부르는 곳 없어도 귀를 열고 기웃거려요
식탁 위 물러지는 감이 되어 기다려요

왜 연어는 꼭 자신이 태어난 곳에 가서 죽나요
녹으면 없어지고 말 물은 왜 얼 기회만 보나요
종이에 옮겨 앉은 나는 어디서 폐기되어 있나요

푹푹 쪄져야 제 기능을 살려내는 떡쌀처럼
숙성을 기다린 오래된 간장처럼

부르셨나요

나를 있게 하는 건 당신뿐이군요

## 그날 강가에서 1

한밤중 풀밭, 스물두 살이 들이켠 어둠
등이 가려웠을까
바람 부채 허공을 불며 깃털 날개 달아 줬을까
풀밭의 잠은 달콤했고
곁가지 돋는 나무처럼 가려워, 가려워
멧돼지 아까시나무에 등을 긁듯
넓고 단단한 강에 등 문질러
날개의 싹 부풀렸나
스물두 해 지나도록 자라지 않은 날개
짧은 틈에 만들어낸 내력
타인의 손재주인가, 자신의 각오인가
꿈을 펼치던 창창한 젊은이
검은 날갯짓 따라가게 된 사유가 무얼까
함께 자던 친구마저 가고 난 후
단 한 시간의 비밀에 담긴 열쇠는
칠흑의 답을 삼켜버리고
엿새 후에 발견된 열쇠는 미궁에 빠졌는데
어둠의 끝을 어둠으로만 써야 하는가
부검에 오른 부검체여

그날 강가에서 무슨 일이 있었는지

말해 주게

* 2021년 4월 24일 실종 엿새 만에 발견된 스물두 살 의대생의 죽음을 접하고

## 그날 강가에서 2


풀밭에 누워 잠들었어
감은 눈 속으로 난 꽃길을 맨발로 걸었지
어디선가 향긋한 과일 향이 났어
향내가 나는 곳으로 발을 옮기는데
짙은 안개 속 물방울마다 스며있는
레퀴엠이 귓바퀴를 맴도네
바로 앞, 희미하게 터널이 보여
겨우 몸을 구겨 빠져나가자
아주 환한 세상이 눈앞에 펼쳐졌어
한 사람이 다가와 묻더군, 어디서 왔소
얼떨결에 집 주소를 댔어, 22초 살았군
스물두 살입니다, 22초라네
동네 사람들은 빛나는 흰옷을 입었고
행복한 표정이었어
향기 가득한 꽃길을 걸어 도착한 집
마당에 꽃이 가득하고 과일나무에 복숭아가 열려 있어
아늑해, 낯설지 않아
이렇게 평안한 곳이 있다니


맨발로 떠나와 들어선, 영원의 시간
1인 극장 무대에 도착했어

## 지독한 기억

타임머신을 탔어요
내가 태어나기 전과 태어나 자라던 이야기
방금 전 일처럼 열려요
내 딸의 딸까지 6대 삶이 담긴 시간 저장고
이백 년을 함께합니다
기억은 지독하고 끔찍해
된 고구마 목에 걸린 듯 서럽고
말캉한 새 생명 손을 잡은 듯 행복해
울고 웃고 또
웃고 울고
어머니가 곁에 앉아 있어요
아버지가 가감 없이 소환됩니다
칠 남매 뿔뿔이 흩어져 살아도
삼십 년 만의 미국 가족 모임
시간 여행은 순항입니다
기억이 우리를 잊어도
우리는 기억을 잊지 못해요
팔십 대 언니는 모든 걸 기억하고 있으니까요

## 장맛비

꽃무늬에 떨어지면 꽃이 되고
파란 우산에 뛰어들면 푸른 마음이 되지
작은 바다가 된 신호등 앞 건널목
철갑이 지나며 파도를 몰고 오면
걷어 올린 바짓단에 넘실대네
맨홀 구멍 수만큼 솟구치는 물꽃
미색의 물기둥을 쏟아내는 저 물의 힘
어둡고 칙칙한 창자를 소독하는 중
아무도 썩었다고 말할 수 없는 지금
우산 속에 겨우 눈 감추고 폭풍을 지나는 얼굴들
놀란 눈빛 마주하며
거친 비바람 속에서
생을 확인한다

## 자몽 1

지구본의 둥근 원을 잘랐어

과도에 남아있는 붉은 즙을 타고 빠져나오는

짙푸른 바다 너머 꿈의 과일이 익는 곳

네가 잘 때 나는 깨어 있고

네가 움직일 때 나는 깊은 잠에 빠졌지

거미줄처럼 얽힌 지구혈관 넘나들며 쌓인

마일리지를 데리고 찾아가곤 해

눈감고도 도착하고 눈뜨고도 다다르는

하루 더 살거나 하루 더 사라지는 마법을 통과하면

비로소 가 닿는 땅을 가장한 사막

그 사막에는 파닥거리는 새가 많아

자몽을 반으로 자른 곳을 향해 날갯짓을 하며

카페에 가면 매번 자몽차를 주문하는 이유는

보이지 않는 허공의 붉은 선을 넘는 나만의 방법

갸우뚱한 고개가 23.5도 기운

저 비뚤한 지구본을 뚫고 투신하기 위해

파닥이는 기억의 새가 되기 위해서

## 자몽 2

자몽자몽 하고 주문을 외우면
나는 네게로 갈 수 있을까
모옹 하고 모이는 입술에 닿는 부서지는 햇살
태어나고 자란 카리브해 옆 동네를 떠나
낯선 곳에 둥지를 튼 지 10년
한국의 밭에서 풀을 매다가도 눈 들어 하늘 보면
자메이카 자몽 주렁주렁 달린 나무 보이고
유치원 차에 아이를 실어 보내고 나면
이대로 고향 가고 싶은 생각에
얼른 집으로 뛰어 들어오곤 한다
부모님 있는 곳이 이렇게 눈에 밟힐지
흔하디흔한 자몽나무가 자몽자몽 나를 부를지
한 마리 열대어처럼 목마르게, 고향이 나를 태울지
네게 갈 수 있는 날이 올까
소리는 사라져도 음률은 남아
뾰족한 입 끝에 다가오는 그리움

열대 과일은 오직 그녀를 위해
신단쓴 오묘한 맛을 칵테일 잔에 담아
모옹 하는 크레바스에 흘려보낸다

머리 위에 열두 번의 보름달이 뜨고
삼백예순다섯 개의 눈이 차례로 켜지겠지

찰진 탭댄스를 춘다면 빗속도 문제 될 게 없을 거야
경쾌한 구둣발 소리에 밝은 기운이 들어 있으니

−「첫 그리고 끝」중에서

5부

절반의
그녀

## 사랑한다

비둘기 한 마리 횡단보도 앞에 서서
초록불이 켜지자 작은 발로 촘촘히 걷는다
성큼 걸으며 마주 오는 사람을 피해 총총
자기가 사람인 줄 아는 비둘기

아기 첫 앞니처럼 올라와 키를 키우는 소철의 순
지네발 같은 잎 뾰족하게 제 모양을 찾아가는 변신
동그랗게 말린 부드러움이 단단해지는 건
탄생한 아기가 하루하루 영글어 가는 모습

빗줄기 창문을 때리고 먼 산은 안개에 싸여
흘러내리는 빗방울과 찹찹한 소리의 리듬
커피 한 잔 손에 들고 혼자 앉아
앰뷸런스 소리를 들을 때 생사에 놓인 사람이 생각나

다양한 볼거리가 있는 유튜브 채널 선데이포엠
시 수필을 낭독하는 내 목소리를 들으며, 무엇일까
흐르면 그만인 것을 흔적 남기는 여인
호수 표면에 제 모습 비추는 애잔한 구름 같아
눈물이 핑 돈다

용접

네 옆구리에 손을 대고 불꽃 튀는 열에 녹으면
나는 너와 하나가 된다
어쩔 수 없이 생기는 상처가 울퉁불퉁 흔적을 남겨도 연결은
완성이다

틀을 잡고 고정된 형태로 서 있자면 서로 버팀목이 되어야 하지
비바람 막는 작은 집, 그 안에 생명이 숨 쉴 때
우리는 우리의 본분을 다하게 된다

녹아 사라진 상처의 기억 간직한 채 이대로 살자
인사를 나누고 헤어질 때면 다시 부서져야 하는 아픔
용광로같이 쇠를 녹이는 열만이 가능한 손 놓음

언젠가 이별이 찾아오면 너는 너대로 나는 나대로
어딘지 모를 곳으로 떠나야 한다
그땐 차갑게 식은 몸뚱이 부여잡고 혼자 떨어야 하리
기억에서 끄집어낸 훈훈함으로 위로받아야 하리

하나의 모양을 위해 서로 녹아 연결된 용접의 시간
식어있어도 식은 것이 아니고 무심해도 무심한 것이 아닌
불꽃 튀기는 푸른 가시광선 남몰래 숨어 있다

## 의미 잇기

눈에 보이는 길을 따라 들어간 비행기
속은 또 다른 마을
고향이 다른 사람들의 모임
모임은 행동도 같아야 하는 집합
집합은 거의 같이 드는 잠
자다가 밥 주면 먹고, 먹고 다시 자는 사회
사회가 이렇게 한마음이라면 발붙이지 못할 다툼
싸움이 없고 마음까지 같아질 때 그리운 침대
침대 위에서 다리 뻗고 누웠으면 하는 생각
생각은 자유
자유는 누구에게나 상상의 선물을 주지 누군 도착지를 떠올리고
도착지보다 출발지를 떠올리기도 하는 사람
사람이 어울려 사는 하늘길 세상
세상에 모였다 흩어져 제 갈 곳으로 떠나면
떠나면 오늘처럼 다시 모이기 쉽지 않은 우리
우리는 모였다 흩어지고 흩어졌다 모이는 지구촌 식구
가족은 어디에 있든 통하지 하나처럼
우리는 살아가지 어디에서든
부디 행복하기를 비는 마음
마음이 통했던 하늘길 비행기 속 그 사람들
어디선가 잘 살고 있겠지

## 첫 그리고 끝

저기, 가고 있다
한 점의 피로를 물고
골목 끄트머리로 사라지는 뒷모습
얼룩진 한 해의 끝, 첫이 온다

광채 나는 눈 시림도 없고 마음을 잡아끄는 모양도 아닌
같은 듯 다른 열두 달이 이야기를 숨겨놓고 있다
머리 위에 열두 번의 보름달이 뜨고
삼백예순다섯 개의 눈이 차례로 켜지겠지

찰진 탭댄스를 춘다면 빗속도 문제 될 게 없을 거야
경쾌한 구둣발 소리에 밝은 기운이 들어 있으니
첫날이 고맙고 끝 날도 고마울 거라 믿는다

소복하게 쌓인 눈 위로
막 눈뜬 햇살이 살포시 앉는 첫

첫은 언제나 그 자리
끝도 언제나 그 자리
둘이 만나 손을 맞잡고 인사를 나눈 후
서로의 방향으로 발걸음을 뗀다

## 절반의 그녀

어제오늘이 없고 아침과 밤이 없는
그 여자와 나만 있는 방

가끔 몸에서 빠져나온 그녀는
어릴 적 살던 집으로 떠나고
들개처럼 뛰놀던 들판을 달리며
기억을 배회하다 그 속에 머물러
배설한 찰흙을 가지고 논다
뽀얀 연기 피어올라 방을 가득 채운
창문으로 뛰쳐나가는 냄새들

진흙탕 속 여자를 건져 맑은 물에 씻긴다
아흔다섯 해를 지켜온 주름투성이 목숨의 집
닦고 헹궈 뽀송한 기저귀를 채우면
그제야 돌아오는 그녀

땀인지 눈물인지 흠뻑 젖은 나에게
웬 땀을 그렇게 흘리니, 목욕해라
세상 따뜻한 엄마 목소리

한 시간은 낯모르는 아기

한 시간은 엄마

절반의 그녀가 있어 살아가는

반쪽짜리 행복한 바보

## 이건 노을이 아니야


길의 끝 사람들이 향하는 곳

낮엔 덤덤하게 먼 곳을 쳐다보다가도

하루가 접힐 때는 시선을 한쪽으로 모으지

같은 자리 같은 시간에 꼭 그쪽을 바라보는 이유는

도자기가 펼친 얼굴을 보기 위해서야

어제 본 것과 오늘 본 것은 같은 듯 같지 않아

서서히 변하는 입구와 몸통과 바닥

가슴에서 떨어지는 눈물 같은 빛

눈물이 푸르지만은 않다는 것을 알게 되지

누구를 위해 목숨 바쳐 얻어낸 빛일까

2차 세계대전과 6·25한국전쟁에서 숨진 목숨

생명을 주고 맞바꾼 설움이 깊어

이곳은 매일 피 같은 심장을 열어 보이네

마운트 솔레다드 참전용사 기념비가 있는 라호이아 선셋

바람이 부는 방향으로 나뭇잎 구르듯

모여드는 발길들 한 번씩 땅을 박차고 오를 수 있는 시간

어쩌다 굴러온 나그네 온몸을 물들이는 그 속에서

젊은 병사의 마음을 읽네

살아서 보아야 할 하늘을 죽어서 실컷 보라고

매일 도자기에 담기는 보랏빛 젊음

캠퍼스에 부린 신의 황홀은

칼날보다 더 세게 난도질하는 포화 속 절규

목덜미에 와 닿는 용사의 목소리가 들려

그건 노을이 아니야

## 청동 그릇 한 점 읽어요

메모리칩에 더 이상 저장 공간이 없었나요
기억 밖에서 사람이 서성이는 걸 몰랐네요
돌고 돌아 걸려 온 통화에서 알게 된 나의 죽음
나는 어느덧 저승 사람이 돼 있어요
한 번 불통이 저승이고 한 번 소통이 이승이라면
난 몇 인칭인가요, 0.5인칭인가요
꼬리에 꼬리를 물고 도는 소문은 나를 살게 해요
지하철을 타고 에스컬레이터에 오르고
인사동을 누볐어요
사람들이 헐렁하게 돌아다니고 있네요
한 번도 연결된 적 없는 우리는 누구인가요
소문의 주인공들인가요
골동품 파는 가게를 기웃거려요
누군가 만지작거렸을 청동 그릇 한 점 파랗게 눈을 뜨고
등잔은 그 옆에서 지그시 눈을 감고 있어요
붓끝이 휘돌아나간 기억을 고서화는 잊지 못해요

## 체크카드

푸른 지구에 뿌리내린 얼음 나무
깊이 박힌 밑동이 움찔거린다
천 길 크레바스 끝 사이사이 물길이 트여
얼음 발가락을 핥는 수정 빛 혀
날름거리는 혓바닥에 몸을 내주는 허파
카드 속 잔고는 얼마 남지 않았다
매일 산 하나씩 허물며 얇아지는 몸피
저 유빙들, 죽음의 날개를 가졌다
깎아내리는 빙하의 눈물
살갗에 닿는 뜨거움 견디지 못해
얼음산 껍질은 사라지고, 사라지고
눈치채지 못한 섬은 잠겨 들고, 잠겨 들고

지구를 살려 주세요
가슴살 천둥소리로 내지른다

# 친정

나는 고모의 유일한 친정

젊을 때 고생한 이야기 한 보따리
자식 셋 키워 지금 행복하다는 이야기도 한 보따리
손자 손녀가 나이 먹으니 중매하라는 이야기 한 보따리
쉼 없이 내게 털어놓는다

천둥 치는 듯 씩씩한 목소리는 늙지 않았다
선명한 정신과 분명한 사리분별도 바래지 않았다

아흔두 살 고모가 당신을 털어놓을 적마다, 나는
고모의 오빠가 되고 언니가 되고 엄마가 된다
당신의 친정은 나밖에 없다고 한 번도 마음 변한 적 없었다는 고백

한 핏줄인데 기억력 차이는 왜 나는 것일까
사건사고를 화투짝 맞추듯 정확하게 펼쳐내는 삶의 편린들
흐릿하게 지워진 내 기억을 끄집어낸다

고모의 오빠, 언니, 엄마도 아닌 나는
아흔두 살 그녀의 유일한 친정이다

# 택배


새벽부터 밤까지 바람을 가르며 달렸어

하늘 아래 도시를 미끄러지듯

시시각각 달라지는 온도의 변화에 신경 쓸 여력도 없이

매일 높은 산 하나씩 쌓았다 무너뜨렸지

고된 맛을 넘어 흰빛에 가닿는 줄도 모르고

낯모를 곳으로 건네는 상자에 묻혀, 소처럼 일했어

점점 진이 빠지기 시작하더군

하늘의 별을 보며 나는 아빠다 외쳤지

사랑하는 가족을 떠올리며 숨을 쉬었어

그런데, 그런데 말이야

나도 모르게 몽롱해지며 침몰하고 있네

날개를 단 나를 잡지 못하고 허공을 휘젓는 손짓

바닥을 베고 누워

가물거리며 떨군 마지막 눈물 속에 빛나는 별빛

전하지 못한 상자 더미 회색 물풀 아래 잠겨 든

희망 한 덩이

미처 하지 못한 말의 날개, 바람을 일으킨다


열심히 살았어, 행복하고 싶었어

# 접시

접시 하나가 벌써 찼네

일곱 가지의 샐러드를 하나씩 담아 망고 소스를 얹고 그
옆에 육회 연어 초밥 그 옆에 새우 그라탕 꿔바로우 너비아
니를 담고 갈비찜 두 개를 올렸을 뿐인데 빈자리가 없네 호
박죽 한 국자 뜬 그릇을 들고 자리에 돌아와 먹다 보니 배
가 부르네

어떡하지, 장어구이도 먹어야 하고 60cm도 넘는 참치가
째려보고 누워있는 도마에서 붉은 속살이 연하게 발려지는
싱싱한 그것도 먹어야 하는데 왜 배는 벌써 부를까

송편 인절미 쑥떡은 안 먹는다 해도 열다섯 가지가 넘는
다과는 안 먹는다 해도 매생이 전복죽과 잔치국수는 먹고
싶은데 들어갈 자리가 없네 3년 만에 온 뷔페에서 한 접시
로 끝낸다면 아쉽지 가오리찜 매운족발 간장게장 궁중잡채
를 포기하고 파스타 LA갈비 새우볶음밥 대구가마구이를 포
기한다 해도 문어 다리 하나는 먹어야겠는데

한 모금 정도의 높이로 담긴 수십 잔의 와인, 손잡이를 누르기만 하면 나오는 노란 생맥주 그 옆에 알로에주스 매실주스 토마토주스 포도주스 석류주스 망고주스 오렌지주스 또 그 옆에 둥굴레차 녹차 페퍼민트 얼그레이를 포기한다 해도 게 속살은 먹고 싶은데 어떡하지

두 번째 접시를 손에 들고 유자청 연두부 크게 한 숟갈 담았네 아무것도 걸리지 않게 살고 싶어서 그 야들한 두부를 먹네 분당 판교의 뷔페에선 포기할 게 많다는 생각을 하며 오월 한낮의 햇살을 바라보는데 눈부신 그 속으로 막 결혼식을 마친 한 쌍의 부부가 보이네 활짝 편 날개에 금가루 햇살 아름답게 뿌려지고 있네

통通

도서관에서 책 몇 권 빌려오는 길
서호천변 벤치 그늘에 앉아 읽는다

머리 위 늘어진 나뭇가지에서 들리는 특이한 목소리
우거진 잎사귀들 사이 몸은 보이지 않는다 저 소리 냥이
기분 좋은 날 같기도 하고 강아지 울음소리 같기도 한,
눈을 감는다

너는 뭔가 다른 말을 하고 있구나

당신을 봤어요 탑동시민농장에서 수레국화를 찍고 푸
른 보라 일색인 곳에 끼어있는 적보라 국화를 보고 또 보
더군요 수만 수레국화 중 적보라 한 송이처럼 나는 특이
하게 태어났어요 내게 귀 기울여 주어 고마워요 하늘 푸
른 날이에요

보이지 않아도 들리는 소리 고개를 끄덕이며 듣는 말

# 푸른 목소리

나를 불렀나요
바람결에 문 두드리는 소리
인제 왔냐며 잡는 손
수천수만 자작나무 어깨 나란히
멀리서 찾아온 내 허기를 품어 주는군요
마음 열어 보이는 그대 가슴은 희고 고와서
몇 번이고 얼굴을 묻어 봅니다

나를 기다렸나요
깊은 숲에 들어와서야 그대 편지를 읽습니다
회색빛에 찌들어 허덕이던 영혼
가늠할 수 없는 초록에 눈을 뜹니다
세상이 어둡지 않은 이유
숨 쉴 수 있는 이유
묵묵히 맑은 기운을 보내고 있는
그대가 있기 때문입니다

# 한여름의 무언극


그린란드 빙하 위를 떠돌던 젊은 바람을 데려와
기계 속에 가뒀다
푹푹 찌는 폭염에 잠깐씩 그를 불러낸다
발가락 사이를 돌며 시린 사랑을 쏟아 놓고
산봉우리 설산의 개썰매를 떠올리게 하는
나는 언젠가 그곳에 간 적이 있다
얼음왕국 오로라를 만나기 위해
내딛는 걸음은 땅을 가장한 얼음
꼿꼿한 기개가 전부인 가슴에서
부드러움을 찾기란 쉽지 않았다
낯선 환경의 외로움 잔고가 바닥날 때쯤
찾아온 북극광의 몸살
휘어지며 펼치는 검은 캔버스 빛의 춤
활기찬 네 몸짓을 발견한 나는
안심했다, 지구는 살아있다
얼음 나라를 감싼 대기의 충돌 꽃

## 항쟁

세 손가락 경례를 높이 들고 맨몸으로 나아가는 사람들 무
차별 총격에 순백의 꽃들이 피를 흘린다 살아 있는 사람들
가슴에서 훔쳐내려는 자유, 군부의 탐욕은 무참하다

우리는 자유하고 싶다

홍콩 태국을 거쳐 도착한 기호 '우리는 정의를 원한다' 세 손
가락 높이 들고 목숨 바쳐 저항하는 그곳에 녹아도 녹지 않을
자유의 불길 타고 있다 지키리라 죽으리라 민주주의를 위해

우리는 쓰레기처럼 치워지고 있어요
총탄이 가시가 되어 꿈에 박혔어요
다 자란 나뭇가지는 부러지고 어린 새순도 구름으로 떠나요
우리는 얼마나 더 죽어야 하나요

항거 100일째
미얀마의 봄이 울부짖는다
자유를 찾게 해 주세요, 제발

윤나도록 쓰다듬던 생의 그림이 빛을 끄면
바로 어두워지는

당신은 어때요
아직 불이 켜져 있나요
점점 뜨거워지는 돌을 갖고 있군요

— 「탄생석」 중에서

6부

허공에
묻힌 사람

# 가시고기


열 살 아들을 물고 늘어지는 백혈병
아버지는 각막을 팔아 목숨을 샀다


넌 나의 전부 함께 지낸 시간이 고맙다 볼 비비고 싶지만
화산처럼 뜨거운 마음으로 달려가 널 품에 안고 싶지만
냉정하게 거리를 둔다


떠나라, 너를 버리고 떠났던 네 엄마가 저기와 있다 그에게 가
살아라, 우리 다시 만나지 못해도 기억을 끄집어내어 견뎌라


삶의 발짝을 뗄 너와, 세상을 걸어 나가야 할 나
이미 살이 발려져 뼈만 드러나 있는 가시고기


슬픔의 무게가 다르고
비에 젖어 내리 눌리는 힘도 다른 사랑
내 아들아


죽음의 그림자를 입은
이별이 곧 사별이 될 시한부 아버지

---
* 조창인 소설 『가시고기』를 읽고

## 햇살 인연

강원도 양양 바닷가에 사는 사돈댁
입동이 지나면 김장을 해서 보낸다

농사지은 배추와 총각무를 바닷물에 절여 헹구고 해풍
맞은 양념들과 버무린 배추김치와 달랑무김치, 참깨 들기
름 감싸고 매만져 우체국에서 아들며느리 집주소로 보내
는 정성 친정 부모님과 나누라고 넉넉히 보내는 인심

자식을 향한 뜨거운 정은 식을 줄 몰라
세상 부모의 자리를 생각한다
퍼내고 퍼내도 마르지 않는 샘물처럼
한없이 베푸는 햇살 사랑

해마다 받는 택배 상자 속 선물
강원도의 편지다
사돈댁의 사랑이다

# 고들빼기


바닥으로 돌아가면 나도
고들빼기로 태어나
쓰디쓴 흰 피로 세상의 쓸쓸함을 보듬어 볼까

손맛이 제일인 당신이 흙 속으로 돌아가
흙빛으로 저무는 생의 통증을 낮추어 주기 위해
삶을 달콤하게 하는 봄나물로 환생했으니

들판은 예상치 못할 폭풍이 일고
그 폭풍 온몸으로 받아낸 쓰디쓴 피의 족보

쓸쓸함을 삭여줄 쓸쓸함
어둠을 없애줄 빛
폭풍을 잠재우는 일이다

뿌리들은 서로 통해서 먼 곳의 당신을 만나고
기억에 묻어있는 삶의 지표를 끌어와
움직이는 숨의 의미를 읽게 한다

우산 같은 톱니바퀴 잎을 뽑아 뿌리 흙을 털어내고
반쯤 찬 바구니를 전리품으로 품고와
열에 들뜬 이의 용광로에 젖빛 피를 수혈하면
비릿한 냄새가 만드는 차분한 눈빛

매일 하루가 열리고
활기의 참맛을 갖고 싶은 이에게
약이 되는 고들빼기 나물 한 입

## 허공에 묻힌 사람

하나가 둘
둘이 넷
촘촘하게 짜여 지는
공기 그물
너 있는 곳 나 있는 곳
다 그물
철커덕, 철커덕
걸려 버둥대다
내쉬지 못한 숨
들이쉬지 못한 숨
그대로 불꽃 되어
만남 없이
인사도 없이 떠나는
코로나19 감염병 인사법
바람으로 달려온 소식 붙잡고
온몸 울려 우는 새
허공으로 띄우는 편지
애도
나의 너

# 탄생석

태어난 지 백 일 만에 받은 선물, 생일
그동안 나는 이 세상에 없는 새끼 동물
출생신고의 결정권을 가진 이가
움켜쥔 생명을 놓지 않는 털복숭이에게
11월의 토파즈가 아닌
4월의 다이아몬드를 쥐여주었어
백 일 전의 하루는 백 일 후와 다른 계절
태어나 사라지지 않은 보상으로 받은 단단한 돌은
파고드는 빛을 삼켰다 밖으로 내보내며
빨강과 파랑 보라의 무지개를 그렸지
언제나 빛날 줄만 알았던 삶의 길에 검은 빛이 비치면
낯모를 곳으로 이동하는 숨들을 봐야 했어
윤나도록 쓰다듬던 생의 그림이 빛을 끄면
바로 어두워지는

당신은 어때요
아직 불이 켜져 있나요
점점 뜨거워지는 돌을 갖고 있군요

## 헤어지지 못하는 인연

스마트 폰으로 날아온 스마트한 소식
아들 장가간다는 들뜬 청첩장에 화답했다

몇 달이 지난 후 폰이 부르르 떤다
식사 같이하자는 그녀
맞추고 맞추다 정하지 못한 시간과 날짜
또 몇 달이 갔다

태풍 끝자락이 비를 뿌리는 날
그녀는 노란 우산을 쓰고 내게 왔다
점심과 카페라테와 조각 케이크를 먹는다

날개를 단 이야기들
말은 말을 타고
초원을 지나 자갈밭도 거쳤다
비가 멎었다

언제 만날지 모르는 긴 헤어짐
느리게 살기로 했다

# 호접몽

활보하던 어깨에 앉아 세상을 보던 몸
파도에 밀려 한 구석에 쪼그려 앉아
오랜 석상처럼 잊힌 이름
창고 구석에 방치된 네가 내게 건너온 순간
나는 유성이 되어 다시 우주를 활보한다
날개에 내려앉는 은은한 빛을 받아
푸른 별에도 잠시 들른다

달빛이 방 안 깊숙이 들어와
네모난 창을 내면
우리는 그 창을 통해 서로를 부르지
소리는 길 잃지 않고 네게 가는 법
투명하고 단단한 벽을 뚫고
밤하늘에 매달린 말간 빛 하나 받아
소리 없는 소리로 알아보면서 너를 감싸면
비로소 거리를 지우는 벽

잎이 흙을 향해 투신하듯
하나가 되어 노래하는 포옹

## 화산의 잠

폭발을 잃어버린 산
용암을 흘려보내며 산 하나를 통째로 태우던
열정은 서서히 잠겨들었다
주상절리를 세우지 않아
바닷물에 식은 용암 몇 점 흔적으로 남긴
빈 화산

바위와 나무 잔풀을 태웠던 기억
활과 휴의 경계에서 오래 머뭇거리더니
이내 재만 흩날리는 휴화산이 되었다

내 안에 너 있었던가
네 안에 나 있었던가
세상의 맥박으로 뛰던 젊은 사랑
사라진 유황 가스 냄새를 품고
모래시계 속으로 잠겨들어
깊은 잠에 빠졌다

# 화석


봉긋, 어미 몸을 뚫고 나온 생명
벚나무 끄트머리 아기집에 매달려 있다
수액을 먹고 손가락, 발가락이 자라
몸이 불어 완성될 때쯤
약속된 이별이 다가온다
탯줄로 연결된 옹알이


봄바람에 우르르 흩어지는 꽃의 알
꼬리를 흔들며 멀어진다
기억에 흘러들어가 잠자는 무지개를 깨울
꽃나무의 새끼들
몸을 뚫고 나온 내 분신도
생의 바람 따라 날아갔다
꿈꾸는 이들에게 꿈을 산란하며
세상을 깨우고 있는


꽃잎 몇 장
책갈피의 화석이다

## 후예들의 눈빛

고양이 두 마리와 개 한 마리가 살아요 고령의 고양이 필릭스와 라벤더는 이제 막 이 집에 발 들인 청소년 루시를 주시합니다 라벤더의 소리 없이 흐르는 부드러운 털 움직임을 루시가 듣는 순간 견공의 후예답게 달려갑니다 사냥개 루시가 달릴 때는 바람이 두 쪽으로 갈라져요 높은 곳에 앉은 리벤더 할머니는 꼬리를 늘어뜨리고 살랑살랑 흔듭니다 네가 귀엽구나 필릭스 할아버지는 다릅니다 저 철없는 루시에게 꼬리라도 물리면 절단, 목을 물리면 바람개비처럼 휘둘려 생을 다할 거라는 생각에 스스로 피하지요 사고를 미연에 방지하는 게 상책이니까 아침에 눈을 뜨면 전쟁 같은 전쟁의 기운을 곰의 후예가 막아요 그렇지 않으면 사달이 나거든요

곰의 후예는 셋
호랑이 후예는 둘
견공 후예는 하나

서로 반려가 되어 삽니다
이미 오래전부터 같이 살기 시작한 라벤더와 필릭스는

있는 듯 없는 듯 조용해요 루시가 오고 나서 분위기가 완전 달라졌지요 열에 한 번 라벤더 할머니의 밑을 무심히 지나는 루시 아홉 번은 으르렁대는 저 하룻강아지 언제쯤 서로 애잔한 눈빛이 될까요 종족이 다르면 먹고 먹혀야 하나요 그래도 곰의 후예가 있어서 안심입니다 눈빛의 전쟁이 터져도 천둥같이 이름을 부르고 진정시켜요 서로 잡아먹힐 일은 없어요 곰의 후예는 필릭스 라벤더도 사랑하지만 루시도 사랑하거든요 사랑은 전쟁이 확실해요 그 성채에는 서로 다른 DNA가 모여 삽니다

# 흙


아무것도 쓸 수 없다 그 벌판엔
생명이 생겨나고 사라지며 스스로 기록을 남긴다


머리칼 흩날리는 방향으로 흰 머리를 숙이며 자신의 발을
보는 갈대
곁에 개망초가 있고 그 시이로 기어 다니는 딱정벌레
서로 다른 세계가 어울려 산다


몸 비비는 갈대 바람에 섞여 걸으면
쏟아지는 햇살은 땀을 만들고 땀은 삶을 만들어
걸음을 받쳐주는 흙의 깊이에 묶여 산다


씨앗은 때가 되면 떠나고 그 자리에서 싹을 틔우는 순환 고리
무거워도 내려놓지 못하는 뿌리의 가르침
석양이 온 산을 물들일 때 들판에 담긴 이야기는 이어진다


등줄기에 깃들어 살던 목숨, 씨앗의 거리에서
기억으로 서서 영글어 간다

# 뮤즈 Muse

빗소리는 크고 작은 문양을 만든다

파문, 파문 진 자리마다 깊이를 알 수 없는 깊이가 잠시 깨진다

서로 다른 크기의 문양이 만들어내는

하늘을 옮겨 담는 우물

가끔, 안에서 들려오는 소리

누군가 속삭이기도 하고 바람처럼

알 수 없는 소리를 내기도 하는 저 웅얼거림

살이 붙지 않은 어깨 겨우 뼈대를 지탱하는

가난한 손에 날아와

이 길이 그곳에 가는 거겠지 믿게 하는

형체 없는 시마詩魔

등뼈를 갖고 있지 않으면서도

주춤거리지 않고 날아온 화살에 심장이 박혀

직구의 속력을 감지하게 한다

꽃잎처럼 흩어지는 핵심 몇 알 주울 때

진짜는 이것이다 보여주는 변화구가 정신을 들게 한다

그 속에 숨은 오묘한 손에 이끌려 들어서면

최후의 보루 산등성이에

파란 싹 틔우고 있다

---

* 뮤즈 : 그리스 신화에 나오는 예술과 학문의 여신, 무사(Mousa)의 영어 이름

# 매미


저래야 한다
새벽에 귀 뜨면 들리는 소리
한결같은 고음의 기상나팔
가린 눈은 잠 속에 있는데
환하게 밝아오는 하나하나의 세포


비 올 땐 숨 낮추고 기척조차 감추더니
맑은 날 음률에 목숨 건 목청
여름이면 한 번도 거르지 않는
내 인생 내가 사는 당당한 가르침


『콜레라 시대의 사랑』에서처럼
밤새 들을 섭렵하는 것도 아니고
오직 하나의 사랑을 위해
자신을 불태우는 매미
그래야 한다


낭만도
사생결단도 잃어버린 여자

그 목소리 들으며 부스스 눈 열고

치열했던 생의 부스러기를 줍는다

오직 하나의 사랑을 위하여

---

\* 노벨문학상 수상자 가브리엘 가르시아 마르케스의 소설 제목
\*\* 콜롬비아 항구도시 카리브 해 연안의 매춘부를 가리킴

# 제3의 봄

12월에 쓴 카드 한 장 눈 속에 묻었다

오스트리아 심리학자 빅터 프랭클을 떠올리지 않아도

죽음의 수용소가 떠오르던 날

손바닥만 한 절구에 참깨를 간다
다정과 사랑이 어울린 공기
고소한 기운으로 오래도록
그렇게 살고 싶었다

서서히 물든 썩은 내
광기와 고집이 파고들어
불러도 대답 없는 사라진 양심
노란 허무가 꽃피우던 날

너와 나
우리를 뺀다
완벽은 더 이상 뺄 수 없는 상태*

세상은 온통 함박눈에 덮여

다른 이름을 붙일 수 없는 얼굴


삶의 의미 숨어 있는 자리

눈 속에 묻혔던 구근에서 싹이 돋는다

---

* 스티브잡스(S. Jobs)

## 공중마을

이곳은 숨겨진 고도의 땅
지상 어디에도 속하지 않은 나라
누구도 탈출할 수 없고
그 누구도 숨어 들어올 수 없는
1만 1,582미터 상공
사람 냄새 가득하다
어둑어둑한 공간이 지겨워
소리 지르고 울고 몸부림치는 두 살배기
사람들은 침묵한다
몸담은 의자 위에서 먹고 자면
누웠어도 누운 게 아닌 자리
고도 3만 8,000피트 모래시계 줄어들고
지상에 발 딛는 순간
뿔뿔이 흩어질 하루 식구들
매번 지구 반대편을 다녀올 때마다
공중마을에 살아 꿈틀대는 삶

시인 김태실의 시편들에서 함축된 의미의 빛깔은 겨울 햇살 같은 따뜻한 손길을 내어 소외된 존재의 아픔이나 슬픔을 위로하는 수행자의 몸짓이다.

−「작품 해설」 중에서

낯섦의 험지에서
겸허히 꽃을
피우기 위한

지연희

# 낯섦의 험지에서
# 겸허히 꽃을 피우기 위한

지연희 (시인, 한국여성문학인회 이사장 역임)

시는 시인의 삶과 시인의 정서를 토대로 풍부한 감성을 동반한 상상력의 산물이다. 까닭에 과학적 언어로 말하거나 어떤 사실 체험을 그대로 열거하지 않는다. 다만 '무언가 말하지 않으면 안 될 어떤 것, 눈이나 말로 표현하기에는 너무나 미묘한 정서의 세계를 표현하고자 고심하며' 노력하고 있다. 영국의 소설가이며 시인인 메리 셸리는 "시는 만물을 사랑스럽게 변용시킨다. 시는 가장 아름다운 것의 아름다움을 드높이고, 가장 추한 것에다 아름다움을 더해 준다. 시는 세상만사의 낯익음의 베일을 벗겨 버리고, 미의 형상들의 정수인 알몸으로 잠자는 미를 드러내 준다"고 했다. 낯익음의 베일을 벗기는 일은 낯섦의 생경한 표피를 마중하는 일이다. 생전 마주하지 못한 특정한 언어, 고립된 맹지에

서 불쑥 솟아 올린 언어의 울림이다. 김태실 시인은 2004년
수필로 등단하고, 2010년 계간『문파』신인상을 받고 시인으
로 활동하기 시작했다. 시와 수필로 문학 이력을 다져온 김
태실 시인의 제3시집은 낯섦의 험지에서 겸허히 꽃을 피우
기 위한 노력으로 매진하는 시인이다.


        공원 옆길을 절뚝이며 걷는 비둘기
        먹이 한 톨 없는 길 따라가는 게 가엾어
        모이 한 줌 뿌려 주었지, 콕콕 쪼더니
        바닥에 쓰러져 꼼짝하지 않네
        손수건에 싸안고
        손가락에 물 찍어 부리 사이로 흘려 넣어주자
        두 번 삼키곤 고개를 떨궜어
        유품으로 남기고 떠난 접힌 날개
        그 걸음 새겨있는 공원 나무 밑에
        가득한 슬픔

        아무도 밟지 않은 눈 쌓인 공원에
        돌아올 수 없는 방향으로 찍힌 발자국
                                    – 시「발자국」전문


        하루를 마무리 하는 늦은 시간
        지하철 객실에는 선사람 하나 없이 모두 앉았다
        꼿꼿하던 오른쪽 젊은 남자

바람에 밀리는 갈대같이
머리에 머리를 기대온다
그의 품에 안긴 알 수 없는 사각 통
옆구리를 찌르고
흠칫, 바로 앉았다 다시 기울기를 반복한다
얼마나 피곤하면 이럴까 하는 생각에
가만히 지지대가 되어 주는데
흠칫거림도 없는 무게감에 밤이 결린다
덜컹이는 소리 따라 눌리는 옆구리

밤은 깊어 가는데

꺾어지는 허리 바로 세우며 걸어온 날들
새어 나오던 한숨도 순간
밤이 지나간다

– 시 「밤이 결린다」 전문

　　삶의 광장에는 생명을 수호하기 위한 동물이며 식물과 미
물 이상의 존재들로 눈부시다. 쓰러지고 엎어지고 부딪치며
소멸하는 군중의 공간이다. 시인의 시선은 굶주려 허기진 거
리의 사람들이 뒤엉켜 걸어가는 공원 옆길 절뚝이며 걷는 비
둘기 한 마리에 주목하게 된다. 종래에는 먹이 한 톨 없는 길
을 따라가는 비둘기 한 마리를 뒤따르고 있다. 한 줌의 모이
를 뿌려주는데 절뚝이던 비둘기는 모이를 쪼아 먹는가 싶더

니 바닥에 쓰러지고 만다. 손수건에 싸안고 손가락으로 물을 찍어 부리에 넣어보지만 고개를 떨구었다. 시 「발자국」은 사경을 헤매던 굶주린 생명을 향한 절실한 기도였다. 비록 삶으로 일으켜 세우진 못했으나 따뜻한 가슴으로 생명을 감싸던 측은지심을 감동적으로 보여주었다. '아무도 밟지 않은 눈 쌓인 공원에/ 돌아올 수 없는 방향으로 찍힌 발자국'은 비둘기의 걸음이 새겨있는 공원 나무 밑에 가득한 그리움으로 안겨 있을 것이다.

늦은 밤 지하철 안 객석의 승객들은 고단한 하루의 일상에 젖어 대부분 저도 모르게 잠을 청하게 되는 경우가 빈번하다. 시 「밤이 결린다」의 메시지는 화자의 오른쪽에 앉은 남자의 꾸벅잠을 어쩌지 못하고 지지대로 받아내는 배려의 시간을 담아내고 있다. 미동도 없이 파고드는 무게감이 옆구리를 찌르지만 얼마나 피곤했으면 하는 생각으로 수용하는 것이다. '꼿꼿하던 오른쪽 젊은 남자/ 바람에 밀리는 갈대같이/ 머리에 머리를 기대온다/ 그의 품에 안긴 알 수 없는 사각통/ 옆구리를 찌르고/ 흠칫, 바로 앉았다 다시 기울기를 반복한'다는 무심으로 젖어드는 이 충격은 옆구리를 찌르고 머리와 머리를 기대오는 기울기의 반복이다. 덜컹거리는 전동차의 소음에 따라 눌리는 옆구리의 결림으로 몸이 결리지 않을 수 없다. '밤은 깊어 가는데// 꺾어지는 허리 바로 세우며 걸

어온 날들/ 새어 나오던 한숨도 순간' 스스로의 밤도 지내 보
내고 있다. '얼마나 피곤했으면' 하는 삶의 고단을 화자는 오
른쪽 남자와 극명하게 나누었다고 생각한다.


> 수렁이고 펄인 집
> 낭창한 손길에 옷깃이 붙들려
> 깊은 늪에 빠졌다
> 발을 딛지도 않았는데 몸이 끌려
> 풀벌레 손잡아 데리고 날개에 얹힌 꿈
> 뜬구름 잡는 투자의 갈퀴손
> 견고한 바람에 혼을 새겨 넣는 일
> 저 곳에 들면 목숨은 한마디 기도로 바뀐다
> 사각형, 육각형 속 텅 비어 있는
> 허망의 틀에 한 생명 보시되어
> 허우적이고 허우적이다 고요해지면
> 다소곳 외면하고 있던 입 발을 내민다
> 순리 거스르지 못한 생명의 무덤
> 허공에 새긴 집 스쳐 지나지 못해
> 스미듯 묻힌 사람,
>
> — 시 「거미줄」 전문


> 따사로운 햇살 받는 발코니의 국화
> 아기 주먹 같은 손 펴고 있다
> 보랏빛 손가락 하나둘 열어 보이는 꽃망울
> 빛의 요정 한 발짝씩 걸어 나와

가닥마다 새겨진 주름의 문양으로
전설 같은 이야기 들려준다
사랑하는 이를 떠나보낸 여인이
매일 눈물의 편지를 쓰고는
부치지 못한 편지가 국화 속으로 들어가
보랏빛 답장이 되었다는 이야기
빗살의 강 건너오며 목을 축이고
곧고 튼튼한 줄기를 타고 온 소식
그리움이 화롯불처럼 핀다
물기를 말린 나뭇잎은 제 몸의 색을 바꾸어
조락을 노래하며 겸손에 가닿는 시간
벌레 먹은 계절 빛바랜 손 흔들며 멀어져도
가슴에 피는 그대 사랑 있어
슬프지 않겠다
이 가을 외롭지 않겠다

– 시 「가을 엽서」 전문

　시인 김태실의 시편들에서 함축된 의미의 빛깔은 겨울 햇살 같은 따뜻한 손길을 내어 소외된 존재의 아픔이나 슬픔을 위로하는 수행자의 몸짓이다. '수렁이고 펄인 집/ 낭창한 손길에 옷깃이 붙들려/ 깊은 늪에 빠'진 대상에 전구하는 구원의 불빛이다. 그러므로 시 「거미줄」의 주체는 사냥개와도 같은 포악한 성품을 지닌 폭군이다. '발을 딛지도 않았는데 몸이 끌려' 허망의 틀에 갇혀 모순의 터에서 가뭇없는 소멸의

운명에 빠져버리는 아픔을 그려내고 있다. '사각형, 육각형
속 텅 비어 있는/ 허망의 틀에 한 생명 보시되어/ 허우적이
고 허우적이다 고요해지면/ 다소곳 외면하고 있던 입 발을
내민다/ 순리 거스르지 못한 생명의 무덤/ 허공에 새긴 집
스쳐 지나지 못해/ 스미듯 묻힌 사람' 시 「거미줄」은 선량한
사람들이 무심코 내민 덫에 걸려 헤어나지 못하는 절망의 늪
을 말한다. 허우적거리는 가엾은 이들에 대한 기도이며 부활
의 의미를 짓고 있다.

　시 「가을 엽서」는 사랑하는 이를 떠나보낸 여인이 눈물로
쓴 연서이다. 매일을 일과처럼 써내려간 눈물의 편지는 부치
지 못한 애달픔이 되어 한 송이 국화꽃이 되었다는 전설 같
은 이야기를 담고 있다. 분명한 사실은 떠나보낸 이와 여인
이 서 있는 공간은 '가을 엽서'가 가닿지 못하는 하늘과 땅
의 무한의 거리라는 점이다. 生과 死로 별리된 이별의 슬픔이
국화꽃에 스며 싱그러운 향기로 육화되어 그리움이 소통되
는 아름다운 연서를 읽게 된다. '빗살의 강 건너오며 목을 축
이고/ 곧고 튼튼한 줄기를 타고 온 소식/ 그리움이 화롯불처
럼 핀다/ 물기를 말린 나뭇잎은 제 몸의 색을 바꾸어/ 조락
을 노래하며 겸손에 가닿는 시간/ 벌레 먹은 계절 빛바랜 손
흔들며 멀어져도/ 가슴에 피는 그대 사랑 있어/ 슬프지 않겠
다/ 이 가을 외롭지 않겠'다는 시인의 소해는 어쩌면 홀로 남

겨놓고 삶을 내려놓은 남편을 향한 그리움이며 지워지지 않는 사랑의 연서이지 싶다.

덩어리가 녹아 단단하게 굳었어
문지를수록 순해지며 가벼워지는 나이
닳고 닳아 작아지면 우리끼리 모여
한 번 더 거품을 게워내는 잔치를 열지

사실 나는 아무것도 아니었어
살구씨 기름의 밍밍하고 맛없는 바탕에 색깔과 향기가 섞여
꽃, 물고기, 빵 다양한 얼굴이 되었지
어떤 모양이든 마지막 순간까지 이름을 배반하지는 않아

눈 뜨면 앞에 있고 말하면 들리는 거리에서
언제나 널 기다려
심장에 박힌 멍, 마음에 묻은 먼지를 지우려고
내가 쏟은 눈물의 이유를 데리고 떠나려고

나는 뼈를 갖고 있지 않아서 원망도 없어
구름 모양 바뀌고 계절 빛 변해도
기억 어디쯤 잠들어 있는 향긋한 이름
그것으로 충분해
그것으로 나는 괜찮아

－시 「비누」 전문

한 쪽에 우두커니 서 있다
내 손을 잡는 그에게 옮겨 가
거미줄 떼어내고 낙엽을 쓴다

나는 바닥보다는 공중을 사랑해
싸리나무 하나쯤 내동댕이칠 억센 폭풍과 천둥에도
죽어라 움켜쥔 지렁이의 발목을 놓지 않은 이유
정강이쯤 되는 키를 쑥쑥 키운 이유는
해리 포터의 나라로 가고 싶어서였지
너를 등에 태우고
길을 내고 길을 내면 마법같이 환해지는 때가 올까
티끌도 들여다볼 수 있는 눈으로 밤을 샌 무수한 날들
쓸고 쓸다 결국 내가 쓸려 빛바랜 몸뚱이가 되었네

죽어서도 말끔한 길을 내고 싶은 나는
단단히 그러모은 손힘이 느슨해지고
버려진 듯 비스듬히 서 있어도 실망하지 않아
거미줄 떼어내고 낙엽을 쓸 일이 내게 남아있거든
낡은 빗자루는 버려도 옹골진 마음은 버릴 수 없는
　　　　　　　　　　　　　　　　－시 「빗자루」 전문

　시 「비누」를 읽는다. 스며든 불순물을 분해하기 위한 거품
의 재료와 다소의 향료를 버무린 덩어리가 단단한 고체의
물질로 탄생하는 게 비누이다. '살구씨 기름의 밍밍하고 맛

없는 바탕에 색깔과 향기가 섞여/ 꽃, 물고기, 빵 다양한 얼굴'을 담아낸다고 한다. '덩어리가 녹아 단단하게 굳었어' 시 「비누」가 시사하는 첫 행의 무게는 가볍지 않은 메시지를 던져주고 있다. 사물인 비누가 음성을 지니고 말을 시작하는 일이다. 비누이면서 사람인 특정한 감성으로 순해지고, 가벼워지고, 닳아지는, 한 사람의 주체로 대리되는 비누의 삶의 역사를 인지하게 된다. 결국은 단단하게 굳어 있던 존재인 비누가 시간의 흐름에 따라 종래에는 '기억 어디쯤 잠들어 있는 향긋한 이름' 하나로 남게 된다는 존재의 초연한 종말을 예감하게 한다. 한 사람의 인생이 비누이고 비누가 사람이 되는 크로스오버의 통찰은 생경한 의도이지 싶다. 또한 '사실 나는 아무것도 아니었어'라는 겸허한 한마디는 어쩌면 점 하나의 정자로부터 시작된 사람의 역사가 지닌 시간들 희로애락 모두 아름다웠음을 반추하고 있다. '심장에 박힌 멍, 마음에 묻은 먼지를 지우려고/ 내가 쏟은 눈물의 이유를 데리고 떠나려고/ 나는 뼈를 갖고 있지 않아서 원망도 없어/ 구름 모양 바뀌고 계절 빛 변해도/ 기억 어디쯤 잠들어 있는 향긋한 이름/ 그것으로 충분해/ 그것으로 나는 괜찮아' 빈틈없이 소멸되어 흔적을 남기지 않는 비누의 한 생을 바라보게 한다.

도심 속에서 살다 보니 빗자루를 만나기는 그리 쉽지 않은

편이다. 농촌 생활을 하며 빗자루를 엮어 도심으로 유통시키
는 장사꾼들이 있어 간혹 걸음을 멈추고 신비한 듯 들여다본
다. 시 「빗자루」는 '내 손을 잡는 그에게 옮겨 가/ 거미줄 떼
어내고 낙엽을 쓰'는 도구의 쓰임새를 도입부로 장식한다.
이어진 일곱 번째 행으로부터의 전개는 정강이쯤 되는 키를
쑥쑥 키운 빗자루를 타고 '해리 포터의 나라'로 날아가는 상
상의 세계를 펼쳐내고 있다. '너를 등에 태우고/ 길을 내고
길을 내면 마법같이 환해지는 때가 올까' 기대하는 마법 같
은 환한 세상을 갈망하는 것이다. 죽어서도 말끔한 길을 내
고 싶은 빗자루의 바람은 어느 사이 단단하게 그러모으던 손
힘이 느슨해지고 버려진 듯 비스듬히 서 있는 조락을 맞이하
고 있다. 그러나 '버려진 듯 비스듬히 서 있어도 실망하지 않
아/ 거미줄 떼어내고 낙엽을 쓸 일이 내게 남아있거든' 낡은
빗자루가 옹골차게 버티는 일은 환한 세상을 일으켜 세우기
위한 거룩한 정신이다.

　　　신문 부고란에서 그의 이름을 보았다, 이동원
　　　시를 노래한 사람

　　　사랑하는 사람과 눈을 맞추며 듣던 향수, 이별 노래,
　　　우리는 그의 목소리를 들으며 사랑을 키웠다 건너야 할
　　　지 말아야 할지 망설이는 신호등 앞처럼 삶의 나침반이

되어 왼쪽과 오른쪽을 알게 하던, 흰 광목에 초록 물감
스미듯 채우던 빛의 방향

황색 불을 급히 건너 밤하늘에 별자리를 만든 그대
단절된 기억 안쪽을 걷고 걸었다

초록 물이 빠지는 동안 당신과 나는
결혼을 하고 아이를 낳고 시를 썼다
그의(이동원) 떠남은 사랑하던 당신(남편)의 눈동자를
떠오르게 한다
헤어져 한 번도 만나지 못한

붉은 등이 들어온 생의 건널목, 발짝을 떼지 못한 마음
하나
오래 서 있다

— 시 「신호등」 전문

꽃무늬에 떨어지면 꽃이 되고
파란 우산에 뛰어들면 푸른 마음이 되지
작은 바다가 된 신호등 앞 건널목
철갑이 지나며 파도를 몰고 오면
걷어 올린 바짓단에 넘실대 네
맨홀 구멍 수만큼 솟구치는 물꽃
미색의 물기둥을 쏟아내는 저 물의 힘
어둡고 칙칙한 창자를 소독하는 중

아무도 썩었다고 말할 수 없는 지금
우산 속에 겨우 눈 감추고 폭풍을 지나는 얼굴들
놀란 눈빛 마주하며
거친 비바람 속에서
생을 확인한다

– 시 「장맛비」 전문

시 「신호등」은 신문 부고를 보고 세상을 떠난 가수 이동원의 부음을 확인하게 된다. 정지용의 시 「향수」나 정호승의 시 「이별 노래」 등을 노래로 만들고 수많은 히트곡을 남긴 이동원은 2021년 11월 70세로 소천했다. 김태실 시인은 젊은 시절 사랑하는 사람과 함께 이동원의 노래를 들으며 사랑을 키웠다고 한다. 사랑하는 사람과 눈을 맞추며 듣던 〈향수〉, 〈가을 편지〉, 〈이별 노래〉는 두 사람을 이어준 징검다리였다. '건너야 할지 말아야 할지 망설이는 신호등 앞처럼 삶의 나침반이 되어 왼쪽과 오른쪽을 알게 하던, 초록 물감 스미듯 채우던 빛의 방향'은 두 연인을 하나로 연결한 인연의 매듭이었다. 젊음의 시간이 흐르던 '초록 물이 빠지는 동안 당신과 나는/ 결혼을 하고 아이를 낳고 시를 썼다/ 그의(이동원) 떠남은 사랑하던 당신(남편)의 눈동자를 떠오르게 한다/ 헤어져 한 번도 만나지 못한' 이승과 저승의 거리가 너무도 멀어서다. '붉은 등이 들어온 생의 건널목, 발짝을 떼지 못한 마음 하나/ 오래 서 있'다. 당신을 기다리며―

'꽃무늬에 떨어지면 꽃이 되고/ 파란 우산에 뛰어들면 푸른 마음이 되지' 꽃무늬에 떨어져 꽃이 되듯이, 파란 우산에 뛰어들어 푸른 마음이 되듯이 시「장맛비」에서 장맛비를 맞으면 어떤 의미를 유추하게 될지 궁금했다. 작은 바다가 된 신호등 앞 건널목의 홍수와 철갑(자동차)이 지나며 파도를 몰고 오면 걷어 올린 바짓단에 넘실대는 파도는 순간 맨홀 구멍의 수만큼 솟구치는 물꽃의 향연이었다. 거침없이 솟구치고 범람하는 우레를 동반한 폭풍의 장난이 장맛비의 소행이었음을 거부하지 못한다. '미색의 물기둥을 쏟아내는 저물의 힘/ 어둡고 칙칙한 창자를 소독하는 중/ 아무도 썩었다고 말할 수 없는 지금/ 우산 속에 겨우 눈 감추고 폭풍을/ 지나는 얼굴들 놀란 눈빛 마주하며 거친/ 비바람 속에서 생을 확인한'다는 것이다. 시인은 건널목의 홍수와 파도를 몰고 오는 차량들과 맨홀 개수만큼의 솟구치는 물의 힘을 통하여 '어둡고 칙칙한 창자를 소독하는 중/ 아무도 썩었다고 말할 수 없는 지금'이라는 현실은 비바람 속 생을 확인할 수밖에 없는 모순의 메시지를 던져 주고 있다. 이 지난한 현실을 회복하게 하는 과제를―

  도서관에서 책 몇 권 빌려오는 길
  서호천변 벤치 그늘에 앉아 읽는다

  머리 위 늘어진 나뭇가지에서 들리는 특이한 목소리
우거진 잎사귀들 사이 몸은 보이지 않는다 저 소리 냥이
기분 좋은 날 같기도 하고 강아지 울음소리 같기도 한,
눈을 감는다

  너는 뭔가 다른 말을 하고 있구나

  당신을 봤어요 탑동시민농장에서 수레국화를 찍고 푸
른 보라 일색인 곳에 끼어있는 적보라 국화를 보고 또
보더군요 수만 수레국화 중 적보라 한 송이처럼 나는 특
이하게 태어났어요 내게 귀 기울여 주어 고마워요 하늘
푸른 날이에요

  보이지 않아도 들리는 소리 고개를 끄덕이며 듣는 말
                              —시「통通」전문


봉긋, 어미 몸을 뚫고 나온 생명
벗나무 끄트머리 아기집에 매달려 있다
수액을 먹고 손가락, 발가락이 자라
몸이 불어 완성될 때쯤
약속된 이별이 다가온다
탯줄로 연결된 옹알이

봄바람에 우르르 흩어지는 꽃의 말

꼬리를 흔들며 멀어진다

기억에 흘러들어가 잠자는 무지개를 깨울

꽃나무의 새끼늘

몸을 뚫고 나온 내 분신도

생의 바람 따라 날아갔다

꿈꾸는 이들에게 꿈을 산란하며

세상을 깨우고 있는


꽃잎 몇 장

책갈피의 화석이다

－ 시「화석」전문

　시 「통通」은 실체가 보이지 않아도 들리는 소리를 듣게 되는 소통의 의미를 제시하고 있다. 소리는 청각을 관통하여 울림을 전달하는 감각의 느낌이다. 물체가 보이거니 보이지 않아도 들을 수 있는 것은 청명한 청각에서이다. 도서관에서 책 몇 권 빌려오는 길에 서호천변 벤치 그늘에 앉아 시인은 책을 읽고 있다. 그리고 머리 위 늘어진 나뭇가지에서 들리는 특이한 목소리를 가늠하게 된다. 우거진 잎사귀들 사이 몸은 보이지 않지만 저 소리는 기분 좋은 날의 강아지 울음소리 같기도 했다. 다만 시인은 '너는 뭔가 다른 말을 하고 있구나'라는 생각을 하게 된다. 독자인 우리는 이 보이지 않는 이의 말을 어떻게 가늠해야 하는가에 대한 숙제를 지니게 된다. 늘어진 나뭇가지 우거진 잎사귀 사이에서 들리던 바람의 말이었을지, 탑동 시민농장 수레국화 농장에서 마주친 적보라 수레국화 한 송이처럼 특이하게 태어났다는 구름이었을지 가늠하지 못한다. '보이지 않아도 들리는 소리 고개를 끄덕이며 듣는 말'은 특정한 존재의 대상이 아니며 오직 마음으로 읽는, 마음으로 소통되는 理想의 소리이다.

 '봉긋, 어미 몸을 뚫고 나온 생명/ 벗나무 끄트머리 아기집에 매달려 있다/ 수액을 먹고 손가락, 발가락이 자라/ 몸이 불어 완성될 때쯤/ 약속된 이별이 다가온다/ 탯줄로 연결된 옹알이' 시「화석」이 내장한 벗나무의 개화는 은유하거나 환유의 수사법으로 생명 탄생과 성장, 약속된 이별의 시간들을 들려주고 있다. '봄바람에 우르르 흩어지는 꽃의 말'은 꼬리를 흔들며 멀어지는 낙화의 슬픔이다. 그러나 '기억에 흘러들어가 잠자는 무지개를 깨울/ 꽃나무의 새끼들/ 몸을 뚫고 나온 내 분신도/ 생의 바람 따라 날아갔다/ 꿈꾸는 이들에게 꿈을 산란하며/ 세상을 깨우고 있'는 것이다. 김태실 시의 말미에서 던지는 메시지는 꽃나무의 새끼들이나 내 몸을 뚫고 나온 내 분신들이 꿈을 산란하며 세상을 깨운다는 연속된 생명의 질서를 완성하는 일이다.

김태실 시집

눈물 값을
청구해야겠다

RAINBOW | 112

# 눈물 값을 청구해야겠다

I should charge for tears

**김태실 시집**